노잼 일상을 부수러 온
크고 소중한 파괴왕

밀란이랑
오늘도
걱정말개

오혜진 지음

21세기북스

그 개 엄마의 사정

밀란이를 키우기 전, 나는 정말 '개 무식자'였다. 키워본 동물은 어릴 적 샀던 소라게 한 마리가 다였고, 그나마도 얼마 키우지 못하고 죽게 만들었다. 그런 내가 무슨 용기로 래브라도 리트리버 같은 대형견을 덜컥 입양했던 걸까.

지금 되돌아보니, 나는 래브라도 리트리버가 무조건 순하고 영리할 거라고 단단히 착각하고 있었다. 텔레비전에서 '천사견'으로 나오는 걸 많이 보고, 인내심을 요구하는 맹인안내견으로도 활약하는 견종이라 키우기 별로 어렵지 않을 거라 생각했다. 하지만 2개월짜리 어린 밀란이를 입양해 키우기 시작하고 한동안, 나는 천사견이 아닌 '악마견'을 데려왔다는 생각에 내 결정을 많이 후회했다.

밀란이는 자그마했을 때부터 힘이 넘쳤다. 잠깐만 눈을 떼도 가구를 물어뜯어 못 쓰게 만들고, 옷과 신발을 찢고, 화단을 파헤쳐놨다. 손해배상과 집수리로 적지 않은 돈을 버려야 했고, 개에게 옮는 피부병까지 걸리면서 미워하는 마음이 든 적도 여러 번이었다.

하지만 그러면서도 밀란이를 파양하거나, 유기하거나, 체벌하고 싶어진 적은 단 한 번도 없었다. 우리, 그러니까 남편과 나는 아무것도 모르는 어린 강아지를 같이 살겠다고 식구로 맞아들였고, 이 아이가 어떤 성격을 가졌든 어떤 사고를 치든, 우리가 책임져야 할 문제라고 생각했다. 내가 당시 개에 대해서, 그리고 동물권에 대해서 완전히 무지했던 것을 생각하면 그런 생각을 했던 게 신기하기도 하다. 막연하게나마 동물과 인간이 다르지 않은 존재라고 생각했던 모양이다.

그러던 어느 날 우리가 견디다 못해 개 훈련사에게 밀란이를 교육시키기로 하고, (당시 창업한 카페가 어려운 형편이었던 걸 생각하면 훈련비로 큰돈을 쓴 건 정말 장한 결심이었다) 밀란이보다도 우리가 더 호되게 혼나고 교육받으면서, 개에 대해서 조금이나마 알게 됐다. 그때 밀란이처럼 유달리 체구가 큰 아이에게 얼마큼의 운동량이 필요한지도 배웠다. 그리고 그 양은 인간인 우리가 어지간해서는 충족시켜주기 힘들고, 그래서 앞으로 그런 '파괴 행위'를 완전히 없애는 게 어려운 일이라는 것도. 그럼에도 밀란이는 여전히 우리의 식구고, 우리가 책임져야 할 존재였다.

밀란이는 내가 소망했던 천사견이 아니었다. 그렇다고 '개 무식자' 시절 생각했던 것처럼 악마견도 아니었다. 사람이 저마다 타고난 성격과 신체가 다르듯, 밀란이도 아주아주 발랄한 성격과 튼튼한 몸을 타고난 개성적인 개일 뿐이었다. 밀란이를 있는 그대로 인정한 뒤로는, 무슨 일이 벌어지든 전처럼 화가 나거나 괴롭지 않았다. 오히려 그 사실을 웃음으로 받아들이게 됐고, 사고를 치는 모습도 귀엽게 느꼈다. 그 마음을 담아, 친구들과 같이 웃거나 하자고 인스타그램에 밀란이의 사진을 올리게 됐다. 이 정도로 큰 사랑을 받을 줄은 모르고 말이다.

나는 이 책에서, 인스타그램에 다 쓰지 못한 웃기고 황당한 밀란이의 이야기를 더 많이 들려주고 싶었다. 밀란이에게 빙의해 글을 쓰면서 내가 바란 점이 한 가지 있다면, 개들도 인간과 똑같이 시행착오를 겪으면서 '인간과 함께 살기'를 배우고 있다는 걸 이해해주었으면 하는 거였다. 인간의 눈으로 보기엔 이해가 안 가는 행동도, 개의 눈으로 보면 나름대로 다 이유가 있지 않을까 한다.

진지하게 이 프롤로그를 썼지만, 사실 지금 손발이 오그라드는 중이다. 나는 그렇게 시리어스한 성격이 아니다. 괜히 주절주절, 그리 재밌지도 않은 사연을 늘어놓았나 싶어 살짝 후회도 된다. 역시, 그냥 다 잊고 밀란이의 이야기를 재밌게 즐겨주셨으면 좋겠다. 보기만 해도 귀엽고 하는 짓은 더 귀여운, 우리 밀란이를 부디 예뻐해주시길!

밀란이 엄마

오 혜 진

2. 우리집을 파괴하러 온 나의 구원자

3. 밀란이랑 걱정말개

4. 사랑둥이 개딸

밀란이

타고난 넓은 어깨와 큰 가슴 그리고 근육으로 다져진 탄탄한 몸매의 래브라도 리트리버. 어디 나가면 잘생겼다는 소리 많이 듣지만 알고 보면 온실 속 공주님. 아이라인이 진하고 눈이 커서 각종 표정 연기에 능함. 온 집안을 통틀어 유일하게 이름 날리고 있는 개.

엄마

어릴 때 '개' 말고 '소라게' 키워본 게 다인 완전 개 무식자. 래브라도 리트리버가 맹인안내견으로 많이 키우는 견종이라 말 잘 들을 줄 알고 밀란이를 키우자고 함. 밀란이랑 제일 많이 싸우지만 나중에는 꽤 쓸 만한 매니저가 됨. 밀란이 인스타그램 관리자.

아빠

어릴 때 소형견 딱 한 번 키워보고는 강아지 교육에 자신 있다고 큰소리침. 그래 놓고 대형견인 밀란이를 데려오자 교육을 하기는커녕 자기가 휘둘리기만 함. 밀란이가 꼰대라고 부름. 밀란이 바보.

유진이 이모

엄마의 친동생. 처음에는 밀란이 키우는 걸 반대했지만 막상 데려
오자 제일 열심히 돌봐줌. 자기도 왜 그래야 하는지 모르지만, 언니
가 우겨서 밀란이 양육비를 매달 보태줌. 밀란이가 제일 아끼는 오
른발 호구.

이모부

이모의 남편. 밀란이의 제2의 호구, 왼발 호구. 첫 데이트 때 유진이
이모가 밀란이를 데리고 오자 같이 놀아줌. 그 뒤로 얼떨결에 밀란
이 양육을 같이 책임지게 됨.

수의사 선생님

밀란이에게 동물병원은 고기맛 약을 주는 맛집임. 그리고 의사 선
생님은 맛집 주인인 줄 앎. 많은 개를 진료해봤지만 밀란이처럼 지
랄 맞은 애는 처음 봤다고 하심.

1
파괴왕의
뽀시래기
시절

🐾 #하아아아잇! #지랄의탄생

밀란이의
탄생

내 이름은 이밀란.

여자고 2014년 4월 2일에 태어나셨다. 이제 태어난 지 2개월이 조금 넘어, 세상을 조금씩 알아가고 있다.

지금 내 표정이 마냥 해맑아 보이지만, 사실 속이 썩어문드러지고 있다. 나를 키우는 아빠 엄마 때문이다.

나도 세상에 나온 지 얼마 안 돼서 모르는 게 많은데, 얘들은 나보다도 더 모르는 게 많다. 가르쳐준 것도 없으면서 내가 알아서 잘하길 바라고, 혼자서 공부하려고 이것저것 물어뜯고 있으면 왜 자꾸 물건을 망가뜨리느냐며 잔소리를 한다. 인간이 책 같은 걸로 공부를 하는 것처럼, 개인 나는 냄새를 맡고 입에 넣어봐야 똥인지 된장인지 구분할 수 있는데 말이다.

그렇다고 내가 아빠랑 엄마를 싫어하는 건 아니다. 아빠는 좀 무뚝뚝하고 꼰대 같은 면이 있긴 하지만 내겐 자상하다. 엄마는 좀 시끄럽고 호들갑을 잘 떨지만 모르는 인간에겐 낯을 좀 가린다. 앞뒤가 잘 안 맞는 성격인 것 같다. 뭐, 나는 인간이 아니라 그런지 내겐 처음부터 호들갑스럽게 굴었다.

어쨌든 문제는 둘 다 날 이해 못 하고 툭하면 혼낸다는 점이다. 얘들을 어떻게 이끌어줘야 할지, 앞날이 까마득하다.

🐾 #나요즘엔 #손안씹어먹는데 #한입주고가래니까 #그냥가네 #야!돌아와!! #컴백!!!!!

배신자
인간들

이제 태어난 지 4개월, 인간들의 예절을 조금씩 배우고 있다. 개인 내가 인간이 될 순 없으니, 인간과 살면서 꼭 배워야 하는 건 바로 인정하고 배운다. 오늘은 아빠에게 식사 예절을 배웠다. 밥은 바로 먹는 게 아니라, 기다리다가 먹으라는 신호를 주면 그때 먹는 거라고 한다. 또 간식을 먹을 때는 인간 손가락을 안 건드리고 먹어야 한다. 얼마 전에 간식과 손가락을 함께 덥석 물었는데, 아빠가 "아야!!" 하면서 너무너무 아프다는 표정을 지었다. 하도 놀라 그 뒤로는 간식만 조심스럽게 빼내 먹는다. 알고 보니 그게 다 예절교육을 하느라 쌩쇼를 한 거였다. 난 진짜 아프게 문 줄 알고 미안해서 어쩔 줄 몰랐는데… 인간은 믿을 게 못 되는 존재라는 걸 이렇게 배웠다.

그런 인간들이지만, 인간 음식은 참 다양하고 맛있다. 아빠 엄마는 젤라또를 파는 가게를 하고 있어서, 나도 가게에 종종 데려가준다. 가끔 아빠가 날 가게 앞 벤치에 묶어두는데, 그럴 때 인간들이 손에 든 음식 냄새에 홀려 몇 번 훔쳐먹은 적이 있다. 그 맛이 아주 기가 막히다. 자기들은 이렇게 맛있는 거 먹으면서 나한테는 사료나 퍼먹으라고 주다니. 인간 음식을 처음 맛보고 내가 얼마나 배신감에 치를 떨었는지 모른다. 식사 예절이고 뭐고 다 엎어버릴까 보다.

아까는 어떤 애가 소시지를 먹으며 지나가기에 한입만 달라고 애절하게 부탁했는데, 날 보더니 깜짝 놀라 그대로 도망가버렸다. 줄에 묶여 있어 쫓아가진 못하고, 아이 뒤통수에다 대고 "한입만 주고가!! 나 요즘 손가락은 안 먹어!!" 라고 외쳤지만 아이는 끝끝내 뒤도 안 돌아보고 가버렸다. 에라이, 학교 가서 국영수 말고 나눔이 뭔지나 배워라!!

 #이가간지러워서 #이걸로 #좀긁겠다는데 #불만있냐?
#내가이걸씹을까~ #아님 #니손가락을씹을까?

🍦 #선택지가 #둘뿐이라면 #그걸씹는게낫겠어...

마법의
벤치

나는 쑥쑥 자라고 있다. 오늘은 유치가 빠지려는지 너무 가렵다. 눈에 보이는 걸 죄다 씹어도 시원하지 않아 한참 고민하는데, 아빠가 갑자기 가게 앞 벤치에 날 묶어놨다. 평소라면 묶이는 게 싫어 난리를 쳤을 텐데, 오늘은 어쩐지 벤치가 날 유혹하며 말을 거는 것 같은 기분이 들었다.

'날 씹어… 날 씹으면 기분이 좋아질 거야….'

난 홀린 듯 벤치를 물고 씹기 시작했다. 바로 이거였어! 와작와작 씹다보면 유치는 완벽하게 빠질 테고 나는 강력한 새 치아를 갖게 될 거다.

한참 열심히 씹는데 갑자기 어디선가 엄마의 비명 소리가 들려왔다. 일하다 말고 나온 엄마가 벤치 씹는 내 모습을 발견한 것이다.

하… 엄마는 성악을 했어야 했다. 얼마나 하이톤으로 소리를 지르는지, 제대로 배웠으면 좋은 소프라노가 됐을 거다. 엄마는 손님 앉으라고 사놓은 의자를 이렇게 뜯어 먹으면 어쩌냐며 난리를 쳤다. 어차피 기다리는 손님도 없던데 뭔 상관이람.

하루이틀 듣는 잔소리도 아니라, 나는 들은 척도 안하고 계속 벤치를 씹었다. 가게 앞에 묶어둘 때마다 성실하게, 꾸준히.

덕분에 내 유치는 동물병원 의사 선생님도 인정할 만큼 깔끔하게 빠졌고, 새 치아도 잘 나왔다. 나중에 내가 더 이상 뜯어 먹지 않게 됐을 때쯤, 벤치의 효과를 듣고 온 다른 아기 리트리버의 주인이 그걸 얻어 갔고, 그 아기도 유치가 잘 빠졌다는 얘길 들었다.

 #대형견에겐 #대형재능이이쓰... #복불복이긴한디 #욕구불만인 #개들에게서
#간혹인테리어재능이 #나타나기도 #한다고하더라고? #근데나에게 #그재능이당첨이돼쓰

🍦 #되라는 #로또당첨은 #안되고...

덕분에 발견한
재능

여름이 되면서 젤라또 가게가 바빠졌다. 그 핑계로 날 가게에 데려가주지 않아 요즘은 집에 자주 혼자 있다. 한참 뛰어다닐 시기에 이렇게 집에만 갇혀 지내야 한다니, 이대로 욕구불만이 쌓이면 내 안의 파괴본능이 어떤 식으로 분출되는지, 얘들은 전혀 모르는 거 같다.

하긴 모르니까 겁도 없이 날 혼자 두는 거겠지….

오늘은 집에서 이것저것을 씹으며 공부하다가, 베란다 중문의 실리콘을 우연히(?) 잡아 뜯게 됐다. 오징어 뒷다리마냥 쭉 찢어지는 게 재미있어, 맘 잡고 느낌이 가는 대로 실리콘을 찢어 중문을 리폼했다. 리폼을 끝내자 바깥바람이 시원하게 들어왔다. 답답한 마음까지 뻥 뚫리는 게 아주 만족스러웠다.

나는 중문 리폼을 계기로 욕구불만을 해소할 방법을 찾게 됐다. 게다가 욕구불만이 쌓일수록 내 리폼 실력은 더 뛰어나져서, 집안 인테리어가 점점 더 멋있어졌다. 예술 활동에 미쳐 정신없이 벽지를 뜯다보니 어디서도 볼 수 없는 추상적인 작품이 나오기도 했다. 엄마는 내가 창조한 벽지 디자인을 보곤 "이게 아닌데? 리트리버, 분명히 천사견이랬는데?" 하며 초조하게 혼잣말을 했다. 욕구불만 있는 개들에게서 간혹 파괴적인 인테리어 예술성이 발현된다는 소리는 못 들어봤나 보다.

그렇게 나의 욕구불만은 어디서도 볼 수 없는, 다소 파괴적인 작품 활동으로 모습을 드러내기 시작했다.

원판 불변의
법칙

세 살 적 눈알, 여든까지 간다.

세 살 적 각선미도 여든까지 가게 생겼다.

🐾 #바깥일하는사람이 #집신경쓰면 #큰일못한다 #집안일은 #내가알아서할테니
#너희는 #열심히일하는데만 #신경써라

🍦 #신경두번만 #안썼다간 #집안살림 #다 #거덜나겠네

해결사
개스코

요즘 내 가장 큰 적은 모기다. 물기 좋아하는 개인 나도 우리 식구들만큼은 참고 안 무는데, 지들이 뭔데 자꾸 무냐 말이다! 내가 모기 새끼들한테 내 눈에 띄면 가만 안 둔다고 경고했는데, 이것들이 나를 개무시하고 알짱대 기에, 모기 퇴치 개스코* 작전을 쓰기로 했다.

마침 겁대가리를 상실한 모기가 왱왱거리며 나타났다. 나는 갈고닦은 달리 기 실력을 뽐내며 모기를 뒤쫓았다. 모기가 당황하며 하늘 높이 날아오르 자 나도 소파를 디딤판 삼아 힘껏 날아오르며 대 추격전을 펼쳤다.

내 기세에 놀란 모기는 쓰레기 더미 속으로 은신했고, 난 쓰레기를 헤집으 며 모기를 찾기 시작했다. 한참 쓰레기 더미를 샅샅이 뒤지는데, 먹다 남은 음식도 나오고 아직 버리기에 아까운 뜯을 만한 것들도 발견해서 중간중 간 득템도 했다. 나도 모르게 잠깐 모기를 잊고 쓰레기 보물찾기에 정신이 나가려는 바로 그때! 눈앞에서 약 올리듯 유유히 지나가는 모기를 발견해 기회를 놓치지 않고 앞발로 세게 후려쳐 퇴치에 성공했다.

'하, 이번 작전은 유혹도 심하고 쪼까 힘겨운 싸움이었어…'

오늘 밤은 내 덕에 식구들이 모기에 안 물리고 편안하게 잘 수 있을 것이 다. 하지만 개스코 작전으로 난장판이 된 집을 본 엄마는, 간만에 고음 실 력을 뽐내며 소리를 지르기 시작했다. 하지만 난 아랑곳하지 않고 "작은 사 고가 좀 있었는데 깔끔하게 잘 처리했어. 뒷정리 좀 부탁해~" 하고 멋지게 퇴장했다. 언젠간 내 노력을 알아주겠지, 하면서.

---

*벌레퇴치 전문 개 집단을 가리키는 말이다. 어떤 개가 쓰레기봉투를 찢거나 방충망에 구멍을 내는 행동을 자주 한다면, 개스코 요원일 가능성이 크다.

🐾 #내가 #인테리어만 #잘하는줄 #알았는데 #조경에도 #조예가깊지뭐냐
#이런걸보고 #팔방미견이라고 #하는건가

🍦 #밀란이가 #뽑아오는 #나무다시심느라 #매일이 #식목일인것같은 #느낌적인느낌

프로 조경러
탄생

나는 정말 타고난 능력이 뛰어나다. 같이 사는 인간들보다 내가 더 똑똑한 걸로도 모자라 인테리어에도 상당한 능력이 있다는 게 증명됐고, 최근엔 조경 실력도 탁월하다는 걸 발견했다. 인간들이 이 정도로 배우려면 대학도 가고 외국으로 유학을 다녀오기도 한다던데, 나는 계속 타고난 능력을 우연히 발견하고 독학으로 계발까지 하고 있으니… 인간들이 날 보면 얼마나 자괴감을 느낄까 싶다.

내가 조경 능력을 발견한 건 정말 우연이었다. 아빠 엄마와 산책을 나갔는데, 작은 나무들이 쪼로록 귀엽게 서 있는 게 아닌가? 근데 너무 일렬로 빡빡하게 세워져 있기에 여백의 미를 주고자 나무 몸통을 그대로 물고 뽑았더니 무 뽑히듯 쑤욱 뽑히는 거다. 그대로 다른 곳에 심어도 될 정도로 뿌리까지 완벽하게 보존된 상태였다.

자랑하려고 엄마한테 가지고 갔더니 엄만 날 발견하자마자 감탄했다는 듯 뛰어오면서 "야아아~~!! 이 쉐에끼이이!!" 하고 소리를 질렀다.

이건 잠깐 다른 얘긴데, 엄마도 날이 갈수록 소프라노 실력이 좋아지고 있다. 저렇게 뛰면서 하이톤으로 소리 지르는데도 흔들림 하나 없다니, 역시… 그대로 썩히기엔 아까운 재능이다….

어쨌든, 이 일은 나의 타고난 예술성을 다시 확인하는 계기가 됐다. 그 뒤로도 나는 공원을 산책하다 디자인이 좀 부족해 보이는 곳에서 조경을 새롭게 하는 데 힘쓰고 있다. 안타까운 점은 내 미적 감각을 아빠 엄마가 이해하지 못한다는 사실이다. 뽑기만 하면 족족 제자리에 도로 심어놓으니 말이다.

🐾 #내가하는것마다 #다 #하지말라그러구 #화만내구
　#내가어디가서 #이런대접 #받아본적없는디 #서러버서 #살수가없네

🍦 #쟤가뭐할때마다 #심장이벌렁거려서 #나도살수가없네

증말
서러버가지고…

엄마랑 요즘 많이 싸운다. 근데 이게 그렇게 화날 일인가? 최근에 싸운 사건들을 얘기해보자면 이렇다.

나도 여자니까 화장품에 관심이 좀 많다. 그래서 화장품을 뜯어 발라보다가 냄새가 하도 좋기에 맛이 궁금해 몇 통 좀 먹었다. 근데 엄만 그거 갖고 왜 남의 화장품에 손대냐며 화를 냈다. 아니 우리가 남이가? 식구라며!

또 한 번은, 엄마가 "아무것도 안하고 소파에 누워 책만 읽고 싶네"라고 말한 적이 있다. 그걸 기억해뒀다 방안의 물건을 다 끄집어내서 거실에 갖다놨다. 손만 뻗으면 엄마에게 필요한 물건이 다 닿으니 안 움직여도 되고 얼마나 편하겠는가? 중간에 힘 조절을 쪼까 못 해서 망가진 물건이 몇 개 있긴 했지만, 아예 못 쓸 정도는 아니었다. 그런데 그걸 보곤 내 마음도 모르고 화를 냈다.

"천사견은 개뿔, 이건 천사가 아니고 악마야, 악마견!"

세상에나… 악마라니, 자기가 키우는 개한테 못할 소리가 없다!

지난번 음식 사건도 그렇다 엄마가 소시지를 잘라놓고 잠깐 전화를 하러 방에 들어갔는데, 불현듯 '이 소시지에 독이 있으면 어쩌지? 내가 먼저 확인해봐야겠다!' 하는 희생정신이 들어 집어 먹다 정신차려 보니, 소시지가 하나도 안 남게 됐다. 근데 그거 가지고도 화를 엄청 냈다. 정신 못 차리고 먹은 걸 보니 소시지에 약을 타긴 탄 것 같은데, 내 덕에 산 것도 모르고….

나는 다~ 식구들 걱정해서 하는 행동인데 엄마는 자꾸 화만 내고, 이젠 아예 내 눈도 안 마주치려고 한다. 하… 답답하다.

됐고
다 나가

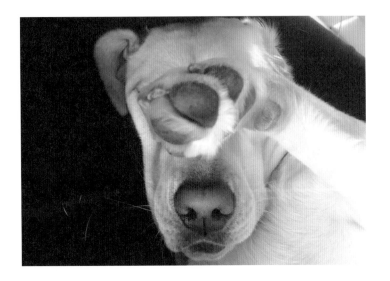

나 혼자 있고 싶으니 다 나가줘.

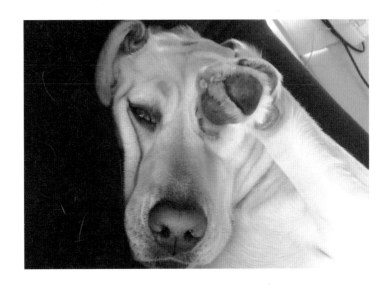

아, 잠깐. 나가기 전에 식사 시간 되면 알려줘.

🐾 #안알려줘도그시간은내가잘알고있지만말야스타그램

🐾 #나의 수족이자 #품질이보증된 #정품호구 #그리고 #나의가장친한친구 #유진이이모
　#사진찍어준대서 #내가제일아끼는 #벽지예술작품 #아래서 #정품호구와 #자연스럽게 #한컷

베스트 프렌드
유진이 이모

유진이 이모는 엄마의 친동생이다. 본래는 따로 살고 있었는데, 여름이 되면서 바빠진 가게 일손도 도와줄 겸 같이 살게 됐다.

사실 요즘 엄마랑 사이가 별로 안 좋아서 서먹했는데, 유진이 이모가 날 많이 데리고 나가 놀아주면서 일상이 즐거워졌다. 엄마 물건을 망가뜨리거나 정신없이 놀다 집이 엉망이 돼도 이모가 내 편을 들어줘 덜 혼난다.

본래 유진이 이모는 엄마가 개 키우는 걸 반대했다고 한다. "자기 몸도 하나 건사 못 하는데 누굴 데려와 키우냐!" 하면서, 책임감 없이 함부로 데려와 고생시키지 말라며 말렸다고 한다. 그런데 대형견 로망에 빠진 엄마는 반대를 무릅쓰고 날 데려왔고, 이모 말대로 현재 엄마는 자기 몸 하나도 제대로 건사 못 하고 있다. 그리고 매일 나 때문에 힘들다고 징징댄다. 나야말로 말 안 통하는 인간들 때문에 울고 싶은 적이 한두 번이 아닌데, 유진이 이모가 와줘서 다행이지. 정말 이모는 답답한 일상 속 한줄기 빛이다.

이모는 절대 날 혼내는 법도 없고, 해달라는 대로 다 해준다. 게다가 체력도 좋아서 내가 산책하며 아무리 끌고 다녀도 군말이 없다. 엄마랑 이모 둘 다 어릴 때 소라게 말고는 동물을 키워본 적도 없다는데, 엄마랑 달리 이모는 개의 마음을 참 잘 헤아려준다. 어느덧 이모와 나는 눈만 봐도 마음이 통하는, 둘도 없는 베프가 됐다.

개판이
따로 없다

가게에서 공 씹으며 돌아다니지 말라 그랬는데, 말을 들어 먹을 리 없는 밀란이는 공을 잃어버리고 도리어 성질을 내요.

"이것 봐라, 응? 내가 진즉 여기 막아놓으라 할 때 안 듣고 게으름 피우다 또 사고 났네. 공 씹고 놀다가 놓치면 저 안으로 굴러들어간다고 몇 번을 얘기 했는데, 아직도 안 막아놨냐?! 공 잃고 외양간 고치면 이미 늦은 거라고 말 안 했냐?! 오유진!! 오유진 이모 어딨어?! 급하니깐 후딱 쳐와!!"

엄마를 불러서 공 꺼내달라고 했다간 잔소리나 실컷 먹고 혼날 게 분명해, 밀란이는 만만한 유진이 이모만 찾아요.

"그 짝이 아니잖여!!! 팔 좀 길게 뻗어봐!
하여튼 내가 아쉬운 소리 하는 거 싫어하는 거 알면서,
매번 꺼내달라는 소릴 꼭 하게 만들어, 증말.
담부턴 똑바로 혀!!!"

밀란이는 자기가 잘못할 때마다 이모한테 오히려 큰소리를 치며, 아쉽지 않
은 아쉬운 소리를 가게가 팔릴 때까지 반복했답니다.(눈물)

🐾 #이모 #나무막대기가 #물고다니는 #그립감이참좋아 #이모도하나 #구해다줄까?

🍦 #자고일어나면 #사라져있는 #밀란이 #그리고 #핸드폰으로 #전송된 #사진한장
　 #납치범이 #고마운건 #나밖에없을듯

엄마는 참 가지가지

어제 엄마가 아끼던 향수를 박살냈다. 향기가 좋기에 나도 좀 뿌려보려는데, 용기를 어찌나 약하게 만들었는지 한입에 박살이 났다. 엄마는 쌓인 게 터졌는지 삿대질까지 하며 울고불고 난리가 났다.

"향수회사 전화번호 대봐!! 이따구로 만들면 개는 어뜨케 쓰라는 건지 항의할텐게!!"

나도 억울해 막 따지는데 이모가 말리며 방에 데리고 들어가면서 더 큰 싸움으로 번지진 않았다.

그리고 다음날 아침 엄마가 일어나기 전, 이모가 날 데리고 공원에 나가 놀아주며 기분을 풀어줬다. 아빠 엄마랑 산책을 나가면 내가 특히 좋아하는 나무 막대기가 더럽고, 나무 똥을 싼다는 이유로 못 물고 다니게 한다. 하지만 이모는 나무를 문 내 입 모양이 귀엽다고만 할 뿐, 크게 간섭하지 않는다. 그래서인지 이모와 산책을 하면 더 즐겁다.

공원에서 놀다 나와 산책 겸 가게로 출근을 하는 길, 이모가 휴대폰으로 내 사진을 찍더니 어디론가 전송했다. 어제까지만 해도 나 때문에 힘들다고 난리치던 엄마가, 내가 없어진 걸 알고 깜짝 놀라 또 난리를 치고 있다고 한다. 정말 이래도 난리 저래도 난리~ 지랄도 가지가지다.

"이모, 그래도 이모가 이사 오면서 엄마한테 의지가 많이 되는 거 같아."

내가 어른스럽게 칭찬을 하자, "어릴 때부터 손이 많이 가는 네 엄마 땜에 내 정신이 다 피폐해지는 거 같다" 하며, 세상사람 모두가 다 아는 비밀 얘기를 했다.

나도 그 말에 동의를 한다고 끄덕거리며, 또 우리 둘만의 공감대가 이렇게 형성됐다.

털 날릴 뻔한
날

🐾 #샤워하고나와 #털말리는데 #좀비영화에빠져 #뒷다리만20분째 #말리는 중

좀비 새끼들이 세상을 다 좀비 월드로 만들든지! 아니면 근육질 남자 주인
공이 세상을 구해주든지!
아무나 이겨야 빨리 영화가 끝나고 드라이기가 앞다리로 넘어와줄 것 같
다…

고통을 참으며 인내의 시간을 보내길 한참, 드디어 좀비와 근육질 주인공의 전쟁이 시작됐다. 같이 흥분한 아빠는 손에 든 드라이기를 총으로 착각한 듯, 애먼 내 털을 모조리 태워버릴 것처럼 드라이기를 바싹 대고 뜨거운 바람공격을 해댔다.

그 거친 손길에 나는 다급하게 외쳤다.

"야!! 그 짝은 아군이여!! 내 털 타!! 당장 손 떼!!!"

🐾 #내가 #오늘따라 #이상허게 #몽롱하니 #기운이없는건 #사실인디
#얌전해졌다고 #착각들하지마러 #내일이면 #회복된다 #아윌비백

🍦 #얌전해지길 #바랐지만 #기운없이 #늘어진걸 #바란건아니다
#저러고있는거보니 #걱정돼죽겠다 #반려견키우는게 #감정소모까지 #심해지는줄몰랐다

엄마가 날 보고
울었다

요즘 식구들의 가장 큰 고민은 나를 중성화수술 시키냐 마느냐 하는 거다. 어느덧 내가 7개월 차가 되면서 첫 생리를 할 시기가 다가왔다. 몇 달 동안 고민을 하더니, 결국 중성화 수술을 하기로 결정했다고 한다.

수술한 날도 평소와 똑같았다. 내가 좋아하는 의사 선생님을 만나 반갑게 인사했는데, 그 뒤로는 기억이 안 난다. 주사를 맞고 그대로 잠이 든 것 같다. 일어나보니 여전히 동물병원이었다. 정신을 차리고 밖에 나갔는데, 아빠가 근심 가득한 얼굴로 의사 선생님과 얘기를 하고 있었다.

그 자리에는 엄마도 있었는데, 엄마가 날 보자마자 갑자기 오열을 했다. 이건 또 무슨 일이지? 평소처럼 날뛰면서 위로를 하고 싶었는데, 어쩐지 기운도 없고 계속 잠이 와서 울지 말라고 몇 번 핥아줬다. 엄마는 내가 핥아주자 더 크게 울었다.

'오늘은 내가 박살낸 것도 없는 것 같은데 왜 울지?'

이모는 일이 생겨 못 오고, 아빠는 가게에 나가야 해서 엄마 혼자 날 돌봐준다고 했다. 집에 돌아와 힘없이 졸고 있는데, 엄마가 황태죽을 만들어주고는, 슬픈 얼굴로 미안하다고 사과했다. 내가 입양된 첫날 기뻐했던 것 외에, 나랑 얽힌 일에는 항상 화만 내던 엄마였다. 그런데 갑자기 사과라니? 내가 아끼던 간식이라도 몰래 먹었나?

오늘따라 엄마 분위기가 이상하다.

🐾 #너가 #각성한건 #참으로 #고마운디 #나아직환자여
#두번만 마음먹었다간 #숨막혀죽겄네!!

🍦 #수술하고 #얼굴팅팅부은채 #밀란이가나오는데 #마음이너무아파서
#후회없이잘해줘야겠다고 #마음먹었다
#마음을 #너무늦게먹어서 #미안할뿐...
#처음으로 #밀란이를 #제대로 #품에안고 #재워준날

엄마가
날 안아줬다

엄마를 처음 만났을 때가 기억난다. 형제들과 케이지 안에 있는데, 내가 가장 귀엽다면서 날 데려가겠다고 했다. 행복하게 해주겠다고 약속도 했다. 나를 선택해준 엄마가 좋았다. 그런 엄마를 내 나름대로 기쁘게 해주려고 노력도 많이 했다. 하지만 엄마는 내가 다가가면 피하고, 장난을 치면 울고 화냈다. 그런데 오늘, 엄마가 사과하겠다며 속마음을 털어놓았다.

"밀란아, 사실은 말이야… 처음엔 네가 참 귀여웠는데, 어느 순간 덩치도 커지고 힘도 세져서 점점 감당이 안 되더라. 물건도 다 박살내고 집안을 난리 쳐놓는데, 어떻게 해야 할지 모르겠더라고…. 다른 집에 보내거나 하는 건 생각도 못 하겠고. 그러면서도 어떻게 키워야 할지 몰라 아빠한테만 모두 맡기고, 널 외면했어…. 아까 네가 수술 끝나고 눈도 팅팅 부었는데, 이런 나도 엄마라고 반갑다며 꼬리를 흔드는 게 마음이 너무 아팠어. 너 기운 없는 걸 보느니, 사고 치는 걸 보는 게 더 낫겠어."

다행이었다. 엄마가 날 싫어하는 건 아니었다니.

"겨울이 되니 가게 장사가 안 돼서 스트레스도 심하고, 너 키우면서 피부병도 생겨서 고생했거든. 그래서인지 네가 날 힘들게 한다는 생각만 했어. 엄마가 뭐 해줄 생각은 안 하고."

오해가 풀리니 화해할 것도 없었다. 나는 엄마가 조곤조곤 하는 말을 들으며 가만히 꼬리를 흔들었다. 엄마가 날 미워하지 않는다는 사실을 안 것만으로도 행복했다.

난 식구들의 극진한 보살핌 덕분에 빠르게 회복했다. 그리고 엄마의 간절한 바람대로… 얼마 안 가 파괴 예술 활동도 다시 할 수 있게 됐다.

개신상담 (犬薪嘗膽)

밥시간이 지난 줄도 모르고 늦잠 자는 원수를 지켜보며
괴로움을 참고 견딤.

전개후공 (前犬後恭)

이를 갈며 밥 때를 기다리다 특식으로 소고기가 나오자
태도가 공손하게 변함.

경개망동 (輕犬妄動)

체면 생각할 겨를 없이 경솔하고 망령되게
눈알과 혓바닥이 제멋대로 움직임.

무아개취 (無我犬醉)

먹을 것에 정신이 팔려 표정 관리고 뭐고
모든 걸 잊어버린 상태.

개판사판 (犬判事判)

산책을 못 나가 욕구불만이 생긴 개가
'에라이 모르겠다' 하는 마음으로 개판을 치는 것.

개급자족 (犬給自足)

"나가서 놀까?" 물어보니
필요한 목줄을 스스로 가져와 충당함.

견물생심 (犬物生心)

나가기만 하면 얌전히 놀다 들어오겠다고 약속했으나,
나무를 보니 욕심이 생겨 집에 가지고 들어가고 싶음.

개촉즉발 (犬觸卽發)

저러고 나무를 물고 달려오는데 앞에 서 있던 내가
미처 피하지 못하고 얻어맞게 생김.

2
우리집을
파괴하러 온
나의 구원자

🐾 #스티로폼이 #겨울왕국 #느낌내는데 #아주효과적이었어
　#너희들에게 #동심을 #선물하고싶었다 #미리크리스마스~

🍦 #동심을 #강제로 #되찾은날 #결정했다
　#돈이많이들더라도 #훈련을시켜야겠다고

잃어버린
동심을 찾아서

건강을 되찾은 내가 이리저리 뛰어다니자, 층간소음을 걱정한 아빠 엄마가 스티로폼과 싸구려 매트를 사 와 바닥에 깔았다. 난 스티로폼을 보고 엄청난 이벤트 아이디어가 떠올랐다. 작전명은 '아빠 엄마 잃어버린 동심 찾기!' 혼자 집에 남겨진 대망의 날, 나는 아침부터 저녁 늦게까지 스티로폼을 부지런히 박살내며 작전을 실행했다.

삑삑삑- 밤늦은 시간이 되자 퇴근한 식구들이 현관문 비밀번호 누르는 소리가 들렸다.

그리고 마침내 아빠, 엄마, 이모가 집에 들어오는 순간! 때마침 열린 베란다 창으로 바람이 불어 박살난 스티로폼이 눈보라를 일으키듯 아름답게 흩날렸다. 얼마나 장관이었는지 영화 속 겨울 왕국에 들어온 듯했다. 크게 감동한 셋은 제자리에 서서 아무 말도 못 하고 집 안을 쳐다보기만 했다. 분위기가 얼마나 로맨틱했던지, 짝사랑 중인 상대에게 고백했다면 누구든 성공했을 것이다.

밤늦은 시간이었지만 엄마 눈치를 보던 아빠는 조용히 날 데리고 나가 운동을 시켜줬다. 집에 돌아오자 엄마와 이모가 땀을 뻘뻘 흘리며 뒷정리를 해놓은 상태였다. 본래 이벤트란 기쁨은 잠깐, 뒷정리는 고된 법이니 어쩔 수 없다. 개발로 청소를 할 수는 없으니까. 하지만 이벤트는 대성공이었다. 다음날까지도 모두들 감격에 벅차 아무런 말도 하지 못했으니까!

그러나 며칠 뒤, 몇백만 원어치의 고품질 층간소음 방지매트가 현관부터 거실 부엌까지 쫙 깔렸고, 엄마는 아무래도 나를 훈련시켜야 할 것 같다고 말했다.

🐾 #나의지랄맞은 #천재성을 #인정받아 #출장훈련사에게 #과외를받기로했다 #이게바로 #영재교육인가...

🍦 #지랄을못견디고 #출장훈련사를모셔와 #훈련을시키기로했다
#이대로살다간 #홧병으로 #약값이더들게생겼다

지랄 영재를 위한
고액 과외

동심 찾기 이벤트 후 엄마는 날 교육시키기 위해 출장 훈련사를 알아보기 시작했다. 내가 아무리 똑똑해도 독학엔 한계를 느끼던 차였는데, 드디어 천재성을 알아봐주나 싶어 기뻤다.

훈련소로 들어가게 되면 몇 달간 식구들과 떨어져 지내야 한다던데, 엄마는 "너랑 같이 사는 것도 쉽진 않지만, 널 못 보고 사는 건 더 힘들 거야"라고 말하며 훈련소로 보낼 생각은 하지도 않았다. 나도 집 떠나면서까지 배우러 가긴 싫었는데 마음이 통했다.

나는 훈련사 선생님이 오시면 여쭤보려고 그동안 궁금했던 것을 정리했다. 아름답게 가구 박살내는 법, 개스코 작전 뒤 티 안 나게 수습하는 법, 밥 먹고 안 먹은 척하는 법 등등.

엄마도 선생님께 여쭤보고 싶은 것들을 메모해놨는데 슬쩍 훔쳐보니, '안 물어뜯게 하는 법', '안 돼라는 말을 알아듣게 하는 법', '산책 때 안 끌려다니는 법' 등, 영양가 없고 별 씨잘데기 없는 내용만 잔뜩 써놨다.

고심 끝에 선별된 출장 훈련사 선생님과 나의 일대일 과외가 확정됐다. 식구들과 나는 (서로 다른 목적을 갖고) 그날만 기다렸다. 여담인데, 아빠는 이 시기에 처음으로 마이너스 통장을 개설했다고 한다.

🐾 #다녀오셨습니까 #어머니 #소자 #예의를갖춰 #인사드리옵니다.

🍦 #훈련한번받았을뿐인데 #개가바뀜 #내가알던개가아닌데...

밀란이, 과외를 받다?
(그런데 아빠 엄마가 달라졌어요!)

드디어 과외를 받기로 한 날이다.

엄마와 이모는 가게를 보고, 아빠랑 나 둘이서만 훈련사 선생님을 만나게 됐다. 엄청 기대하고 만났는데… 세상에 태어나서 이렇게 무서운 인간은 처음 봤다. "안 돼!"라는 말이 그냥 하는 말이 아니라 진짜 하면 안 된다는 뜻이라니, 대 쇼킹이다.

"아빠, 아무래도 이 인간 사기꾼 같아! 돈 버렸다 생각하고 그냥 가자!"

간절하게 말했지만 아빠는 들은 척도 안 했다. 결국 울며 겨자 먹기로 스파르타 교육을 끝까지 받아야 했다. 그런데 가만 보니 호랑이 선생님이 나에게 하는 것 못지않게 아빠에게도 엄청나게 혼을 내는 게 아닌가? (그걸 보니 좀 통쾌하긴 했다)

하루 동안의 속성 과외가 끝나고, 나도 아빠도 몸에 기합이 잔뜩 들어간 채로 엄마와 이모를 만났다. 오늘 배운 대로 두 발 얌전히 모아 깍듯하게 "오셨습니까, 행님" 하고 90도로 인사를 했더니 엄마가 비싼 과외는 역시 다르다며 너무 좋아했다.

아빠는 엄마에게 그동안 내게 얼마나 잘못하고 살았는지, 매일 산책을 안 시켜주면 어떤 재앙이 일어나는지, 선생님에게 배운 걸 세세하게 설명해줬다. 그리고 식구들 전부 '개 언어'를 배워야 한다며, 틈틈이 공부해야 한다고 덧붙였다.

엄마에게 아직 조금 남아 있던 '얌전하고 심부름도 잘 하고 말 잘 듣는 대형견'에 대한 로망이 와장창 부서지는 소리가 들렸지만, 엄마는 곧 수긍하고 앞으로 자기가 많이 노력하고 바뀌겠다고 했다.

어랏? 사기인 줄 알았는데, 과외 효과가 제법 괜찮잖아?

🐾 #제2외국어로 #영어를 #배울것이아니여 #개언어를 #배워오니까 #말도통하고 #얼마나좋냐

🍦 #한국어도 #제대로못하는데 #개언어를 #배우게생겼네

이밀란 강사가 가르쳐주는
개 언어 기초반

나를 어떻게 키워야 하는지 공부한 식구들은 이제 개 언어를 배우기로 했다. 개 언어를 가르쳐주는 건 자타공인 천재 개, 개 대표 이밀란 강사가 맡기로 했다.

일단 내가 공을 물고 밖을 쳐다보면 나가서 공을 던져주라는 뜻이다. 이때 나와 눈이 마주치는 인간은 바로 똥 봉투를 만들어 지체 없이 나가는 게 가장 기본적인, 산책 시 의사소통이다. 만일 아무도 나랑 눈을 마주치려고 하지 않을 시, 뒷감당은 나도 모른다.

이보다 더 까다로운 언어를 배우지면, 내가 눈썹을 씰룩이며 표정이 없어지기 시작하면 누구든 알아서 똥 봉투와 공을 챙겨 지체 없이 바로 나가야 한다는 뜻이다. 그깟 공 몇 번 던져주고 내가 헥헥거린다고 금방 집에 돌아가면, 헥헥거리는 게 진정된 뒤 일어날 뒷감당은 나도 모른다. 나가면 최소한 시간 이상은 놀아줘야 한다.

갑자기 내가 다가가 손을 내밀면 출출하다는 뜻으로, 간식이든 뭐든 먹을 걸 줘야 한다. 내 손을 받기만 하고 모른 척할 시 일어날 뒷감당은 나도 모른다.

내가 대뜸 배를 보여주먼 만져줘라. 예쁨받을 시간이 됐다는 뜻이다. 안 만져주고 모른 척할 시 일어날 뒷감당은 나도 모른다.

일단 이게 가장 기본적인 개 언어이므로, 심화 과정은 기본 과정이 끝나면 다시 배운다. 알았나?!

🐾 #이거신고나가지않을래? #꽃길만걷게해줄게

🍦 #하지만 #실제로걷는길은 #흙길과시멘트길 #개와함께하기좋은산책길...

밀란이랑
꽃길만 걸어

식구들이 내 말도 알아먹기 시작했겠다, 그들의 죄책감을 이용해 그간의 설움을 해소하고 바닥에 떨어졌던 위상도 되찾기로 마음먹고, 나는 시도 때도 없이 나가서 놀자고 졸라댔다. 근데 너무 몰아붙였던 걸까. 가게 출근 길에 곧잘 날 데리고 나가던 이모가 눈치를 슬금슬금 보며 혼자 집을 나서기 시작했다.

가게 오픈 담당인 이모가 아니어도, 어차피 엄마나 아빠가 점심쯤 출근 때 데리고 나가줘서 상관은 없지만, 나의 (호구이며) 가장 친한 친구가 피하는 느낌이 들자 서운한 맘이 들었다. 둘만의 시간이 필요한가 보다.

나는 이모가 일어나기 전 미리 이모 신발을 방문 앞에 가져다두고, 이모가 방문을 열자마자 그 옆에 앉아 프로포즈하듯 다정하게 말했다.

"이거 신고 나랑 같이 출근하지 않을래?"

이모는 정확하게 자기 신발을 알아보고 가져온 나를
신기해하며 기꺼이 함께 출근해줬다. 그것도 내가
골라준 신발을 신고.

어떻게 자기 신발인 줄 알았냐고 묻기에 내가 웃으며 대답했다.

"내가 명색이 개코인데, 식구들 발 냄새 정도는 빠삭하지. 아빠는 지인~ 짜 발 냄새 나고, 엄마는 진짜 발 냄새가 나. 그리고 이모는 진심 발 냄새가 나!"

이모는 "우리 밀란이, 참 더러운 재주를 가졌네? 앞으로는 발 좀 깨끗이 닦고 자야겠다" 하며 뻘쭘해했다.

암만 닦아봐라. 늬들 발 냄새 구별쯤이야 나에겐 식은 죽 먹기지, 훗!

발 냄새
감별사

창밖을 구경하려고 평소처럼 베란다로 나가는데,
발 옆을 지나가다 갑자기 기절을 하고 말았습니다.

#전순간 #근처에서 #화생방훈련하는줄알았지뭡니까
#극한냄새스타그램
#아빠발

기분 나빠하지 말고~ 발을 안 씻을 꺼믄
양말을 신는 것이 좋겠어.

내가 개코라 후각이 예민하자녀.
양말 여기 놓고 가니께 서로 좋게 좋게 가자고~

🐾 #그래놓고안빤양말가져오고난리스타그램
　#엄마발

이모 양말에서 삭힌 홍어삼합 냄새가 나서,
이모 남친이 눈치채기 전에 내가 재빨리 물었어.

이 냄새는 내 입 냄새인 걸로 해. (찡긋)

🐾 #으리스타그램 #지독하게삭힌홍어스타그램
　 #정신이혼미해져스타그램
　 #이모발

이거 뭐니...?

가그린 가져 와.

나 지금 어이가 없네...?

🐾 #세명냄새가다나는데 #설마돌려신었니?

🐾 #히힛 #너는던지기만해 #뛰는건내가할테니까

🐾 #야이!! #내가셋하고 #던지랬지 #둘에 #던지랬냐?!!

무모한
도전

엄마가 깜찍한 도전을 걸어왔다. 내가 운동하다 지쳐 집에 들어가자고 통사정을 하게 만들겠다며, 나에게 도전 신청을 한 거다. 나는 웃음을 삼키며 외쳤다.

"오케이, 콜!"

엄마와 나의 체력 차이를 감안해 엄마는 공을 던지고 내가 공을 가져오는 걸로 합의를 봤다. 웃으며 시작했는데 쉽사리 지치지 않는 내 모습에 심술이 난 엄마는, 셋에 던지기로 한 공을 둘에 던지기 시작했다. 나는 몇 번 당해주다 승질이 나서 "숫자도 제대로 못 세고, 바보냐?!" 하고 엄마의 멍청함을 비난했다

제자리에서 공을 던지기만 하는 것도 힘든지 엄마는 다크서클이 턱까지 내려왔다. 이러다 인간 잡겠다 싶어 "잠깐 가게 내려가서 쉬다가 다시 붙어보자고~" 하고 한발 뒤로 물러나줬다.

마침 가게에 개 훈련사가 손님으로 와 있었다. 엄마는 한탄하듯이 내 뒷담화, 아니 내가 뻔히 보는 앞에서 앞담화를 하기 시작했다. 훈련사 손님은 "밀란이가 유독 가슴이 크네요. 체격이나 성격을 봤을 때 지칠 때까지 놀아주는 건 불가능할 거예요. 그렇게 놀면 체력은 점점 더 좋아질 거고요. 시간을 정해 꾸준히만 운동시켜주는 게 서로 좋을지도 몰라요" 하고 현실적인 조언을 해줬다.

내가 훈련사 손님에게 "괜한 소리를 다 하네! 댁한테는 물건 더 안 팔 테니 썩 나가쇼!!" 했지만, 엄마는 이미 웬만해선 지치지 않는 내 체력의 비밀을 알게 된 뒤였다.

그래, 난 가슴이 크다. 다른 개들보다 훨씬 더. 나도 좋아서 가슴 크게 태어난 건 아니지만…. 사실 내 힘은 가슴에서 나오는 것이었다.

🐾 #이게다냐? #혓바닥에 #기별도 #안가겠네 #그리고 #쥐똥만큼줘놓고
#기다리기까지하라고?

🍦 #간식얻어먹겠다고 #인간말배워서 #이런저런 #개인기보여주는데
#귀여워서 #자꾸시키게되네 ㅋㅋ

개인기와 개지랄,
둘 중에 하나

날 위해 노력하는 식구들이 갸륵해 애교 좀 부려주고 개인기 몇 개 좀 따라 해줬더니, 이것들이 재미를 들였나. 뭐 줄 때마다 개인기를 보여 달란다.

돈도 안 들고 힘도 안 드는 개인기 몇 번에 애들이 까무러치게 좋아하면서 간식까지 주기에 기꺼이 해줬는데, 간식의 양이 점점 양심 없어지고 있다. 명색이 대형견인데, 소형견 간에도 기별이 안 갈 양을 줘놓고는 개인기 5종 세트를 바란다. 이건 노동력 착취다. 가게 형편이 어려워지면서 유진이 이모가 월급도 잘 못 받고 노동 착취를 당한다는데, 아빠 엄마는 그렇다 치고 착취를 당하는 이모만큼은 내 심정을 알아줄 거라 믿었건만… 어째 당한 놈이 더하다고 이모가 제일 심하다.

오늘도 그랬다. 이모가 간식 그릇까지 가져와 내 앞에 놓기에 얼마나 주려나 기대하고 있는데, 개뿔, 혓바닥에 기별도 안 갈 양이었다. 그래 놓고 또 "빵야! 빵야!" 하면서 총 맞은 연기까지 시켰다.

머리는 하지 말라고 말렸지만, 간식이 앞에 놓이는 순간 이 자존심 없는 몸뚱이가 '손, 엎드려, 빵야, 굴러, 인사' 개인기 5종 세트를 절로 다 했다. 말릴 틈도 없이 몸이 먼저 그 짓을 하는데, 이미 없어진 자존심, 간식이나 먹자 체념하고 혓바닥을 대려는 순간… 이번엔 "기다려!" 하고는 포토타임을 가졌다.

개인기보다 더 싫은 게 만족스러운 사진이 나올 때까지 강제로 포토타임을 갖는 거다. 내가 언젠가 저것들 휴대폰 카메라 부수고 만다. 진짜….

🐾 #휴지하나로 #내가 #몇개를 #만들어냈는지 #잘시어봐~ #이것이바로 #창조경제여

🍦 #내가얼마나 #창조적으로 #욕을만들어냈는지 #너도한번시어봐~

개 스타일
창조경제

휴지 뜯는 감촉이 참 좋다. 만약 가볍게 뭔가를 뜯고 싶다면, 휴지를 강력하게 추천한다. 보통 20롤에서 36롤까지 대용량으로 팔고, 어디서나 쉽게 살 수 있다. 내 최애템으로 두루말이 휴지를 선정하는 바다.

한번은 엄마가 "어휴, 무슨 휴지를 이렇게 많이 쓰지? 휴지 값도 은근히 비싼데"라고 투덜대는 걸 들었다. 마침 내가 '물건 씹기 놀이(라고 내가 말하고 식구들이 보기에는 '사고 치기')'를 식구들과 나 모두 만족할 경제적 결과로 이어지게 할 수 없을까? 고민하던 차였다.

길게 생각할 것도 없이 새 휴지를 꺼내와 갈기갈기 뜯었다. 하나의 휴지를 박살내면 두 개의 휴지가 탄생하고, 두 개의 휴지를 각각 박살내면 네 개의 휴지가 탄생한다. 게다가 매번 느끼는 거지만, 역시 가볍게 스트레스 풀기에 이만한 게 없다.

다 뜯어놨더니 마침 샤워하고 나온 엄마가 "아이고, 휴지 또 버리게 생겼네!" 하며 울상을 지었다. 나는 휴지를 가리키며 엄마를 설득했다.

"자, 내가 휴지 하나로 몇 개를 만들어냈는지 세어봐~ 나는 유(有)에서 더 많은 유(有)를 창조해냈지. 이것이 바로 창조경제여."

워낙 멍청한 애들이리 이런 경제용어를 백 퍼센트 이해하긴 힘들겠지만, 그래도 내 뜻을 어느 정도는 알아먹었는지 욕을 하며 휴지를 화장실에 가져다놨다. (쟤들은 말문이 막히면 욕부터 하더라) 그 뒤로도 나는 휴지로 창조경제를 하며 가계부에 도움이 되고 있다.

내 입맛에
딱

제가 자꾸 양말과 휴지를 물어뜯어서 그럴까요?

엄마가 이번에 아예 뜯어 먹을 수 있는 간식을 사줬어요.

족(足) 같은데 맛있네요~

🐾 #족나맛있어 #족나내취향 #족나입맛저격
#오해하지말고족발스타그램

🐾 #야 #개새라고 #부르는것까진좋은데 #발음좀살살해라

🍦 #나중에아들을낳아도 #공놀이는남편한테만 #시키려했는데
#팔자에도없던공놀이를 #내가맨날하고있다
#요즘엔 #오른쪽팔뚝에 #근육도잡힌다.

날아라
개새

몇 달간 공을 던져주다보니, 식구들 공 던지기 실력이 일취월장했다. 아빠는 체육을 전공해서 원래 잘 던졌고, 이모는 타고난 힘이 워낙에 좋아 뭐, 거의 투포환 선수 수준이다(가끔 공이 담장을 넘곤 한다).

칭찬해줄 만큼 공 던지는 실력이 많이 좋아진 건 엄마다. 그래도 처음보다는 낫지만 체력이 썩 훌륭한 편은 아니라 몇 번 던져주면 힘든지 씩씩거린다.

이젠 내 체력의 비밀도 알게 됐겠다, 나도 더 이상 꺼릴 게 없어 엄마와 공놀이를 하면 성이 찰 때까지 놀아달라고 조른다. 아무리 던져줘도 내가 지치지 않고 날듯이 빠르게 뛰어오자, 엄마가 "우리 밀란이, 개 같지 않고 새 같네?" 하고 씨근덕거리며 말했다. 그러고는 공을 던질 때 악쓰듯 기합을 외치기 시작했다. "공 갖고 날아와라, 이 개새야!!"

여기서 '새' 할 때 시옷 발음이 조금 세게 나온 것 같고… 평소 내가 물건 망가뜨릴 때 하던 욕 발음과 비슷하게 느껴졌지만, 분명 날아다니는 새와 비교를 하긴 한 것 같으니 뭐라 따질 수 없었다.

그 뒤로 엄마가 공을 던져줄 때마다 "개새!", "이 개새야!" 하고 외치는데… 일단 던져주니 가져오긴 하지만 이상하게 기분이 썩 좋지 않았다.

뭐지… 칭찬하는 거 같긴 한데 욕먹고 있는 거 같은 기분은….

🐾 #더이상걸어서집엔못가
　#폭염끝나면알아서들어갈텡게
　#나두고늬들끼리가

🍦 #죽어도못간다고 #바닥에뻗어버린 #31키로밀란이
　#유진이가업고가는데 #밀란이에대한사랑을
　#느꼈다기보단 #내동생이지만
　#까불지말아야겠다고 #다짐했다

나는 글렀으니
너희라도 살아 돌아가

폭염이 심해졌다. 가만히 있어도 혓바닥이 가슴까지 내려오는 날이다. 이럴수록 나가서 이열치열해야 한다고, 내가 우겨서 엄마랑 이모를 데리고 산책을 나왔다.

나는 집 앞 공원에서 풀 냄새나 맡고 가볍게 산책하자는 의미였는데, 아니이 미친 날씨에 미친 자매들이 걸어서 한 시간 거리인 호수공원까지 가는게 아닌가? 센스도 없는데 융통성도 없고, 하… 이렇게 다양하게 없기만 한애들한테 이젠 화도 안 난다. 아니, 화낼 기운도 없다.

힘들게 호수 공원 도착해서 뻗었는데, 물 한 번 먹이더니 "이제 그만 돌아갈까?" 하는 거다. 돌아갈 때도 한 시간은 걸리겠지 싶어 눈앞이 캄캄해져 "날씨가 시원해지면 그때 알아서 집에 찾아갈게. 너희끼리 가"라고 했다. 근데 엄마랑 이모는 안 된다며 목줄을 억지로 잡아끌고 가려고 했다. 나는 "폭염으로 죽은 개 소식을 뉴스로 보고 싶냐? 절대 못 가!" 하고 바닥에 드러누워버렸다. 엄마는 곤란해하면서 어쩌지 하는데, 다른 건 다 없어도 힘만큼은 남아도는 이모가 갑자기 날 등에 들쳐업더니 집까지 그 먼 거리를 묵묵히 걸어가기 시작했다. 그 모습을 본 엄마는 너무 웃기다며 웃다가 울면서 쫓아왔다. 그런 엄마 모습을 보는데 제대로 미친 거 같아 조금 무서웠다….

한참 웃다 운 엄마는 이모가 친동생이라 다행이라고 했다. 아마 친구였으면 자긴 많이 맞았을 거라면서 말이다. 대꾸해줄 힘이 없지만 엄마가 주제를 알긴 알아서 다행이다 싶었다.

🐾 #밀란이 #첫돌잔치 #일반적인 #돌잔치주인공에비해 #사이즈가 #많이크긴하지만
    #어쨌든 #첫돌주인공맞음

축 생일

태어난 지 두 달 조금 안됐을 때 없는 집(개 지식이 없는 집)에 와 많은 고생을 했고 서러움과 갖은 풍파도 견뎌냈다. 말도 더럽게 안 통하는 애들하고 우여곡절이 많았지만, 그래도 살다보니 미운 정도 들고 노력해주는 모습에 예쁜 정도 들었다. 여전히 나 좋다는 인간이 있으면 쿨한 척 따라나서긴 하지만, 사실 속마음은 이젠 애들하고 내 노후까지 함께해도 괜찮겠다 싶다. 흠흠. 생일상을 받고 나니 지난 1년간의 일이 주마등처럼 지나가는구만.

그렇다! 오늘은 바로 내 첫 생일이다. 태어나서 처음 맞는 생일엔 보통 뷔페에서 돌잔치를 한다지만, 경제가 어려우니 약소하게 식구들이랑만 함께 보내기로 했다. 카페 개 1년이면 경제 돌아가는 것 정도는 다 파악할 수 있는 법이다. 이모가 직접 수제 케이크를 만들어주고 다들 생일 축하 노래도 불러줬다. 그리고 소원을 빌라고 해서 눈 감고 소원도 빌었다.

'이 케이크를 혼자 다 먹게 해주세요.'

근데 대박!! 생일 소원이 이렇게 바로 이뤄질 줄 몰랐다. 엄마가 오늘은 특별한 날이니 케이크를 혼자 다 먹으라고 한 것이다!! 생긴 건 어설펐지만 개가 좋아하는 재료는 다 들어간 케이크라 눈 깜짝할 새에 먹어치웠다.

아빠 엄마는 딕담이닙시고 평생 함께하자, 이런 진부한 얘기를 했다. 반면에 이모는 역시 감동이었다. 매년 생일마다 내 나이만큼 케이크 층수를 높여 2살이면 2층, 3살이면 3층 케이크를 만들어주겠다고 약속한 것이다. 그래서 다짐했다. 100살까지 살아서 100층 케이크를 꼭 받겠다고!! 그리고 그때 소원도 케이크를 혼자 다 먹게 해달라고 빌어야겠다고…!!

🐾#2살생일 #약속대로 #이모가 #2층케이크 #만들어줌

🐾 #3살생일 #역시 #3층케이크 #만들어줌

🐾 #너머리가 #평균보다 #많이커보이는데 #인정을못하는거같아
#내가직접 #사이즈조정끈 #없애부려따

🐾 #머리큰건 #죄가아녀
#자신감있게살어
#너가기죽어있음
#내맴이아프니께

머리가 큰 건 죄가
아니란다

유진이 이모는 사람이 참 착하고 좋은데 머리가 좀 큰 편이다. 근데 그걸 인정하기가 그리 어렵나 보다. 자꾸 모자를 작게 줄여서 쓰기에, 편하게 쓰라고 모자 사이즈 조절하는 끈을 박살내버렸다. 평소에도 입 재주*가 있는 편이라 어렵지 않게 뜯어버릴 수 있었다. 속이 다 시원하다.

이모가 일어나 출근 준비를 하고 자신의 모자를 본 순간, 빨리 칭찬해주고 싶다는 듯 다급하고 우렁차게 내 이름을 불렀다.
"야!! 이밀란, 이 개눔시끼 어디 갔어!!!"
나는 이 정도는 별거 아니라는 듯이 등장해, 그렇게 고마우면 이따 가게에서 간식이나 챙겨달라고 했다. 그리고 조언을 한마디했다.
"있지, 이모가 멍청할 정도로 착한 이유가 아무래도 모자를 작게 써서 뇌가 눌렸던 탓이 아닐까?"
나는 진심으로 걱정을 담아 이야기한 건데, 이모는 엄마에게 "자식 교육을 어떻게 시키는 거야?" 하며 소리를 질렀다. 엄마는 자지러지게 웃으며 수선을 참 잘했다고 내게 칭찬해줬다. 아침 일찍 일어나 모자를 뜯어놓길 잘했다. 엄마에게는 자랑거리가 되고, 이모에게 당당함을 되찾아주고. 참 뿌듯한 하루다.

유진이 이모야. 나는 너의 빅 헤드 라이프(big head life)를 응원한다.

---

*인간에게 손재주가 있듯, 개에게는 입 재주가 있다. 특히 나처럼 입을 인간 손처럼 자유자재로 쓸 수 있는 천재견은 그리 많지 않다. 당신의 개가 입 재주가 뛰어나다면 감사한 마음으로 아껴주자.

🐾 #야빨리타 #이러다 #드라마끝나게생겼네

🍦 #마트장보고 #나왔는데 #앞에먼저 #나가던사람들이 #폭소하길래 #뭔가했더니
#대리운전하러온 #이밀란여사님 #개리운전 #개라이버

누나 차 뽑았다
널 데리러 가

요즘 드라마 보는 재미에 푹 빠졌다. 남들은 막장이라고 욕하지만, 드라마보다 더 막장 같은 현실이 얼마나 많은데. 보는 인간이든 보는 개든 재미만있으면 그만이지.

나만 해도 그렇다. 그동안 얼마나 막장 같은 집안에서 살았느냐는 말이다. 소라게 키워본 게 전부인 개 무식자 엄마가 맹인안내견 다큐멘터리만 보고 날 충동적으로 데려와놓고는, 운동도 안 시켜줘~ 산책도 안 시켜줘~ 거얼마 하지도 않는 물건들 좀 부쉈다고 울고불고 난리치고···. 어휴, 이제라도 정신 차리고 내 말을 잘 들어줘서 망정이지. 아마 내 이야기로 막장 드라마가 나왔으면 대박을 쳤을 거다. 뭐, 욕도 대박으로 처먹었겠지만.

오늘은 내가 좋아하는 막장 드라마에서 출생의 비밀이 밝혀지는 날이다. 그런데 가게를 마감한 식구들이 하필 장을 보고 들어가자는 거다. 억지로마트에 따라가 차 안에서 초조하게 기다리는데, 엄마랑 이모가 장을 보고돌아오면서 날 보더니 자지러지게 웃는 거다. 뭐가 그렇게들 좋은지, 정신을 못 차리고 웃기에 "빨리 차 타! 실없는 것들아! 이러다 드라마 끝나고 집에 도착하게 생겼네!!" 하고 소리를 질렀다.

엄마는 부들부들 웃으며 사진을 찍고는 내 재촉에 마지못해 차를 탔다. 그순간 찍힌 사진이 베스트 개드라이버로 인터넷 여기저기에 퍼지고 있다는걸 알게 된 건 나중 일이다.

알고 보니
개리기사

퇴근길에 배가 고파 사이다에 짬뽕 한 그릇 먹고 나왔는데, 부르지도 않은 개리기사가 왔어요.

"요즘 단속이 심해서 사이다 한 잔도 걸리시거든요? 어서 타세요. 대화동까지 15,000원."

부르지 않은 개리운전 기사님이 멋대로 운전하며 궁금하지도 않은 인생 얘길 해줘요.

"나도 원래는 고생을 모르고 자란 개야. 혈통이 굉장히 좋은 래브라도 리트리버거든. 우리 아빠 엄마는 아이스크림 장사를 하시는데, 그게 여름엔 매출이 아주 좋아.
그런데 겨울에는 아무래도 여름만큼 매출이 안 나오는 모양이야…. 그래서 내가 이렇게 밤에 다리 뛰게 됐어."

하아아푸우움.

"열심히 살다보니 피곤한 건 어쩔 수가 없네. 허허."

지멋대로 개리운전 기사님과 이런저런 대화를 하다보니, 세상엔 이렇게
열심히 사시는 개님들이 많구나… 깨닫게 되었어요.

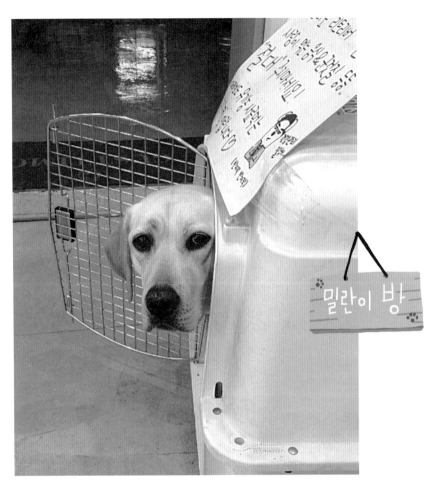

🐾 #너희같으면 #혼날꺼뻔히알면서 #제발로혼나러가겠냐?
　#나오늘은 #안나갈꺼니까 #기분풀리면다시찾아오든가

🍦 #쟤나오게하려면 #켄넬앞에서 #소고기라도구워야하나

개도 자기만의 방이
필요해

아빠가 훈련사 선생님한테 과외를 받은 뒤 식구들에게 당부한 게 하나 있었다.

"개들도 자기만의 공간이 필요하대. 피치 못할 사정으로 켄넬에 들어가야 할 때도 있으니, 그 안에 있는 시간은 편안하고 즐거워야 하고. 그러니 아무리 화나는 일이 있어도 켄넬 안에 있을 때 만큼은 절대 혼내지 마."

그래서 나는 애들이 짜증나게 해서 엿을 먹이고 싶거나 혼날 일이 생기면, 냅다 일을 질러놓고 켄넬 안에 쏙 들어가곤 했다. 그럼 엄마랑 이모는 씩씩거리며 밖으로 나오라고 회유하기도 하고 협박도 하지만, 이 안에만 있기만 하면 날 어쩌지 않는다.

그날도 그런 날이었다. 가게 홍보 팸플릿과 이것저것 뜯을 걸 갖고 켄넬 안에서 편안한 마음으로 박살내고 있는데, 엄마가 그걸 보고는 무서운 목소리로 밖으로 나오라고 했다. 알고 보니 이 팸플릿이 하나밖에 없는 샘플이라 뜯으면 안 되는 거였단다. 아무래도 오늘은 그냥 안 넘어가겠다 싶어 켄넬 밖으로 나가지 않고 버텼다. 그랬더니 이번엔 이모까지 와서 나오라며 재촉하는 거다.

"야, 밖에 나가면 내가 어떻게 될지 다 아는데, 너희 같으면 알고도 나가겠냐? 내가 겁쟁이는 아니라도, 예측은 다 할 수 있거든? 니희 기분 풀렸다 싶음 나갈 테니까, 너희도 화 좀 가라앉혀."

엄마랑 이모는 한참을 켄넬 밖에서 온갖 협박을 했지만, 난 끝까지 나가지 않았다. 작지만 나만의 공간이 있다는 것에 새삼 감사했다. 개도 '자기만의 방'이 필요하다는 것, 다들 좀 알아줬으면 좋겠다.

🐾 #글쎄 #기억나는것은없고 #자다일어났는데 #집안이 #이렇게 #되어있지뭐여

🍦 #심증은확실한데 #재표정보면 #진짜아닌거같고 #대환장

몽유병인가벼…

간만에 집에 혼자 있는 날이었다. 유유자적 돌아다니며 인테리어 좀 하다가 스르륵 잠이 들었다.

어느 순간 삐삐삑~ 하고 현관 비밀번호 누르는 소리가 나기에 뛰쳐나갔더니, 봐도 봐도 반가운 아빠가 보였다. 신나서 꼬리고 엉덩이고 마구 흔들며 반겨주고 같이 들어왔는데, 갑자기 아빠가 무서운 목소리로 "집이 이게 또 뭐야?!" 한다. 정신을 차리고 살펴보니 도둑이라도 든 것처럼 집이 어질러져 있다. 난 분명히 인테리어만 살짝 하다 잠들었는데… 어떻게 된 건지 기억이 안 난다. 게다가 무서운 목소리를 하는 아빠가 앞에 있으면 더더욱 기억이 안 난다. 안 나고 싶다. 기억이 나선 안 될 것 같다. 정말 좋아하지만 제일 무서워하는 인간도 아빠이기 때문이다.

억울하지만 집 안에 혼자 있던 게 나뿐이라 귀가 절로 한껏 젖혀져 "글쎄, 집에 왜 이 난리가 났는가 모르겠네…" 하고 우물쭈물 말했다. 아빠가 그럼 도둑이라도 들었냐고 혀를 차기에, 나는 또 "알다시피 내가 경비견은 아니라서 말이지. 도둑이 들었음 그대로 도둑을 따라 나가 그 집에 놀러 갔을 것이여…" 하고 도둑이 든 건 아니라고 대답했다.

차라리 이 난리를 본 게 엄마였으면 오히려 죄 없는 개 의심하냐고 따졌을 텐데, 오늘 일진이 안 좋다.

개도 몽유병이 걸리는 건가. 정말 기억이 하나도 안 난다.

🐾 #나도 #내털이이렇게 #보온성이 #약할줄몰랐다야
　　#이렇게추울줄알았음 #베란다중문 #실리콘은 #안건드는거였는데말여

🍦 #털도엄청빠져서 #청소하느라 #죽겠는데 #보온성도별로라고하고 #대체 #니털은왜있는거냐

그땐 내가
잘못 생각한 거 같다

인간들이 오해하는 것 중 하나가, 개는 온몸이 털로 덮여 있으니 추위를 잘 안 탈 거라고 생각하는 거다. 하지만 난 추위를 어마어마하게 탄다. 엄마가 추위를 심하게 타서 여름 날씨도 따뜻하다고 말하는데, 그런 엄마보다 내가 더 추워할 때가 많은 것 같다.

내가 한 인테리어 작업 중에서 유일하게 후회하는 게 하나 있는데, 개춘기 시절 베란다 중문 실리콘을 뜯어버린 일이다. 속이 하도 답답해서 바람이나 솔솔 통하게 하려고 한 짓인데 요즘 들어 후회하고 있다. 한파주의보가 내려진 요즘은 바람 들어오는 게 '솔솔' 수준이 아니라서다. 얼마나 추운지, 식구들은 집 안에서도 패딩을 입고 지낸다. 소파에도 작은 전기장판을 깔아놨는데, 하도 추워서 내가 그걸 독차지하고 있다. 내가 해놓은 짓이라 미안하긴 하지만, 나도 살고 봐야 한다. 뻔뻔하다고 욕해도 어쩔 수 없다. 아, 그러고 보니 하나뿐인 미니 난로도 내가 쓰고 있군.
아니, 따지고 보면 그때 애들이 나랑 많이 놀아주기만 했어도 내 속이 답답하지 않았을 테고, 그럼 중문은 건들지 않았을 것이다. 이게 다 애들 잘못 때문에 이렇게 된 거 아닌가? 생각해보니 그렇네? 이런 걸 바로 업이라고 하는 건가 보다. 죄는 다 저지른 사람에게 돌아가는 법이다.

이렇게 오늘도 난 식구들에게 깨달음을 주었다. 개가 사고 치기 전에 알아서 잘하자.

시집살이 시키는
개어머니

애비랑 겸상할 생각 말고 밥에 물 말아가 애비 깨기 전에 한 그릇 후딱 해라.

이게 정신이 나갔나?! 새 밥을 왜 꺼내노. 어제 남은 밥 말아 묵으라!!

내 밥은 내가 알아서 챙겨먹었으니 애비 저녁이나 더 신경써서 차려줘라.

나 같은 개애미가 또 어딨노?

니는 시집 잘 왔다 안 하나. 복도 많은 년. 나 같은 개애미를 두다니.

애비 요즘 칠첩반상은 얻어먹고 다니니?

애미가 너 없을 때 날 그렇게 홀대한다. 오늘은 개 껌도 안줬지 뭐니.

딴 집 개들은 해외여행도 그렇게 많이 다닌다는디, 나는 집안에만 박혀있고. 친구들한테 자랑할 게 없어서 창피해가지고 아주 그냥.

그래 가꼬~ 세부 다녀온 친구가 선물해준 망고 간식 먹음서 온몸으로 세부를 느껴봤쓰. 내가 봉게 세부가 망고를 잘혀네~ 세부는 인자 안 가도 되거써.

개연자약 (犬然自若)

아무래도 입속에 휴지를 몰래 넣어둔 게 걸린 것 같으나
흔들림이나 두려움 없이 천연덕스러운 태도를 보임.

불개구약 (不犬救藥)

휴지 훔쳐 달아나려던 일이 실패하여 수습할 길이 없고
걍 뺏기게 생김.

칠전팔개 (七顚八犬)

좌절하거나 포기하지 않고 더욱 더 잘 숨김.

도개무공 (徒犬無功)

이번엔 성공한 줄 알았는데 또 들켜서 뺏기게 생김.
헛되이 고생만 하고 보람이 없음.

훼개출송 (毀犬黜送)

망할 손재주를 가진 엄마가 뜨개질을 해서 머리에 요망한 것을 씌우기 전에
윤리 도덕을 어지럽게 한 원흉인 실을 뜯어 못 쓰게 만듦.

개소평가 (犬小評價)

엄마의 의지를 너무 얕잡아 봄. 엉킨 실을 다 풀어
결국 완성할 줄은 꿈에도 몰랐음.

불개항력 (不犬抗力)

끊임없이 업그레이드된 망작을 내놓는 엄마를
더 이상 개의 힘으로 말릴 수 없음.

무일개취 (無一犬取)

그렇게 많이 만들어보고도 사이즈 하나 제대로 못 재고,
이젠 목도리까지 만들어대지만 취할 만한 것이 가히 하나도 없음.

3
밀란이랑
걱정말개

🐾 #제물건이 #여기있다고해서 #찾아왔습니다.

🐾 #야 #공이자식아 #왜집나가서 #여기와있어??!

눈빛만 봐도
아는 사이

오랜 시간 함께하다 보면 굳이 말하지 않아도 상대가 원하는 게 뭔지, 말하고자 하는 게 뭔지, 그냥 알 수 있게 되는 시기가 온다.

아빠, 엄마 그리고 이모와 한식구가 된 지 이제 2년이 다 되어간다. 이들에게는 짧은 시간이지만 개인 나는 인간과 다르기에, 내 시간 감각으로 따지면 벌써 10년이 넘게 함께 지내고 있는 셈이다. 다들 날 위해 개 언어를 배우고 있지만, 자기들 모국어인 한국말도 완벽하게 못 하는 인간들이 그 짧은 시간 동안 개 언어를 마스터할 리 없다. 개 시간으로 10년 넘게 배운 내가 인간 언어 쪽을 훨씬 완벽하게 이해하지.

하루는 내가 제일 좋아하는 공이 없어졌다. 내가 너무 씹어대서 얘가 집을 나갔나? 공을 찾으러 돌아다니다가 날 보며 히쭉 웃는 이모 얼굴을 발견했다. 혹시나 싶어 이모 다리 사이로 고개를 쏙 내밀고 "혹시 여기로 공 안 굴러왔니?" 하고 물었다. 그러다 뭔가 이상해 눈알을 굴려 옆을 봤는데, 공이 자식이 이모 손에 붙들려 있는 게 아닌가? 반갑기도 하고 화도 조금 나서 "그러게 집 나가면 고생이라고 했지! 내 입에서 얌전히 씹히고 있으라니까!" 하고 공을 타박했다. 이모는 공을 인질로 잡고는 딱 한마디 말했다.

"밀란아, 그거."

난 간식 보상도 없이 개인기 5종 세트를 보여주고 나서야 공을 구해낼 수 있었다. 그래도 눈빛만 봐도 서로 원하는 게 뭔지 알 수 있다 보니 예전 같으면 큰 싸움으로 번질 일도 간단하게 해결이 된다. 우리 사이가 참 많이 발전하긴 했구나 싶다.

🐾 #야이눔시캬 #이게얼마만이냐!! #오픈더도어플리즈
#이쉐키 #여전히 #센스가없네

야, 이게
얼마 만이냐!!

내게는 삼촌이 많이 있다. 예전에 아빠가 운동을 가르쳤던 적이 있는데, 그때의 제자들을 나는 다 삼촌이라고 부른다. 삼촌들은 종종 가게에 찾아와 나랑 놀아주곤 했는데, 아무래도 남자들이다 보니 내가 격하게 다룬 면이 없잖아 있다.

일전에 가게를 마치고 돌아가는 길, 엄마랑 이모가 야식을 사러 잠깐 자리를 비우고 아빠랑 둘이 차에서 기다리고 있었다. 그런데 그때 나한테 제일 많이 끌려다니고 발길질당했던 삼촌이 아빠에게 반갑게 인사하며 다가오는 거다.

보자마자 너무 반가워 나도 모르게 차창 밖으로 튀어나가 "야, 이눔 시캬!! 이게 얼마 만이냐!! 아이씨, 밖에 나가서 몸통 박치기 좀 해주고 싶은데 문 좀 열어줘봐!! 이 쉐키 여전히 말해줘야 알고, 센스가 없네~" 하고, (난 여자지만) 사내끼리의 거친 언어를 섞어가며 반가워해줬다.

삼촌도 내 머리를 쓰다듬으면서 "밀란이는 여전히 지랄 맞네요…" 라며 칭찬했다. 그리고 또 보자고 인사하며 떠나는 삼촌 뒤통수에 대고 "조만간 가게 놀러와!! 이번에 산책 데리고 나가면 살살 다뤄줄게!!" 하고 외쳤다.

하지만 삼촌은 그때의 우연한 만남을 끝으로 다시는 볼 수 없었다. 왜일까… 가게에 오면 내가 격하게 반가워해줄 텐데.

🐾 #니입만입이고 #내입은주둥아리냐? #내꺼도 #시키라고했냐안했냐

🐾 #내가분명히 #물말고 #망고스무디달라고 #했을텐데...

내 것도 시키라고
했냐 안 했냐

젤라또와 커피를 파는 가게를 하고 있어도 아이스크림은 슈퍼에서 파는 게 짱이고 커피는 남이 타주는 게 제일 맛있다고 하는 엄마 때문에, 함께 산책을 나갔다 들어오는 길엔 꼭 커피 맛있다고 소문난 카페에 들른다. 그리고 야외 테이블에 앉아서 여유롭게 커피를 즐기는 척한다. 내게도 한 잔씩 뭘 주긴 하는데 집에서 마시던 거랑 항상 똑같은 맛이 난다.

"엄마, 뭘 주문했기에 내 음료는 집에서 마시던 거랑 맛이 똑같아?"라고 물으니, 뻔뻔하게도 "이건 그냥 물 얻어다 주는 거야. 시키긴 뭘 시켜" 하고 대답했다.

아니, 내가 거지도 아니고…. 게다가 카페는 1인 1음료가 매너 아닌가? 자기도 카페를 운영하면서 이게 무슨 무례인가 싶어, 다음부터는 휘핑크림을 잔뜩 얹은 카페모카를 사달라고 했다.

근데 다음번에도 내 음료로 공짜 물만 주는 거다. 엄마는 인종차별도 안 하고 성차별도 안 하지만 '개는 이런 거 먹으면 안 돼' 하며, 인간 음식과 개 음식을 철저하게 구분하는 개(犬)차별주의자였다. 열이 받았지만 엄마한테 말해봤자 소용없을 듯해, 아무 편견 없는 유진이 이모에게 (남의 영업장에서 소리를 지를 수는 없어) 귓속말로 얘기했다.

"내 음료도 시키라고 했냐, 안 했냐. 운동 다녀오면 나도 당 떨어진다고 했냐, 안했냐. 계속 이렇게 차별하면 나도 내가 어떻게 나올지 모른다…."

역시나 나의 호구 유진이 이모는 다음에 애견카페에서 개 전용 음료를 사주겠다고 약속했다.

하여튼 알아서들 하는 법이 없어요. 쯧. 나도 착한 개가 되고 싶은데, 견생 정말 쉽지 않다.

🐾 #나는말여 #기분이우울해지면 #발가락관리를받아
　　#발가락사이사이도 #꼼꼼하게 #관리해주는데 #을마나시원한지 #스트레스가 #다날라가버린다니까?

🍦 #근데 #그관리를 #내가 #해줘야된다는점...

초긍정 마인드가
필요해

요즘은 아무도 날 가게에 데리고 나가지 않는다. 이모는 집 나가 원래 살던 인천으로 돌아갔고, 아빠는 얼굴이 점점 까칠해져 몰골이 말이 아니다. 엄마도 가게에 안 나가고 집에서 하루 종일 나랑 붙어 있다. 같이 있어 좋긴 해도, 집안 분위기가 너무 이상해 견딜 수가 없었다.

"갑자기 이모가 왜 집을 나간 거야? 엄마는 가게에 이제 안 나가? 그리고 아빠는 왜 저렇게 얼굴이 다 썩었어?"

엄마가 한숨을 푹 쉬더니, 가게는 팔았고 이모는 인천에 돌아가 원래 하던 일을 다시 하게 됐다고 했다. 그리고 손해를 너무 많이 보고 가게를 파는 바람에 빚잔치가 열렸다며, 이제 우린 큰일났다고도 했다. 지금 사는 집도 팔았는데, 아직 이사 갈 곳을 못 구해서 다 같이 노숙하게 생겼단다.

나는 빚잔치에다 노숙까지 하게 됐단 얘기에 신이 나 폴짝폴짝 뛰었다. 그리고 기왕 밖에서 잘 거, 자주 가는 공원에 텐트를 쳐서 글램핑을 하자고 했다. 거기서 빚잔치를 성대하게 열어 뷔페도 실컷 먹자고 했다. 매일 캠핑에 잔치까지 연다니, 생각만 해도 신이 났다. 식구들 안색이 안 좋아 걱정했건만 위기가 기회인 걸 모르는 걸 보니, 나이는 그냥 폼으로 먹은 거 같다.

이번에도 얘들을 위로해주고 용기 줄 수 있는 건 역시나 나뿐이군!

성스럽개

무엇을 고민하느냐.
내가 너의 기도를 들어주러 왔나니….

🐾 #빛의용사 #은혜로운개스타그램

형제님, 잘못은 되풀이하지 않으면 됩니다.

회개하는 의미로 나눔을 실천하세요. 저기 냉장고 위에 간식 바구니가 있습니다.

 #회개스타그램

🐾 #나도힘든시기가 #있어봐서아는데
#지나고나니 #별거아니더라 #너희도그렇게성장하는겨

🍦 #나의위로 #나의웃음 #힘든시기를버텨낸건 #밀란이덕분

흥분의
도가니탕

아빠가 만학도가 됐다. 낮엔 일하고 밤엔 공부하느라 나랑 잠깐 산책할 시간도 없다. 매일 우울해하던 엄마는 요리 자격증을 따야겠다며 갑자기 요리학원을 나가기 시작했다. 그러더니 첫날부터 손을 썰어 왔다. 손가락 하나 다쳐놓고 붕대를 요란하게 감고 온 엄마는, 내 목줄을 잡고 다니기 힘드니 당분간 산책을 쉬어야겠다며 개수작을 부렸다. 개는 난데 왜 엄마가 개수작을 부려…?

"손모가지 날아가불고 싶지 않음 줄 잡고 쫓아와라."

나는 매일 엄마를 산책시키며(?) 우울한 생각을 쫓을 수 있게 나름 위로해줬다.

그렇게 아빠는 공부하고 엄마는 요리학원에서 음식물 쓰레기를 만들며 두 달 정도 지냈을까. 어느 날 아빠 엄마가 컴퓨터로 뭔가를 확인하더니 크게 기뻐하며 흥분했다. 영문은 몰랐지만 나도 덩달아 신나서 마구 뛰어다니며 같이 흥분했다. 한 번 흥분했더니 좀처럼 가라앉지 않아 계속 뛰어다니다가 결국 켄넬에 잡혀 들어갔다. 그리고 켄넬 속에 갇혀 우울하기만 했던 집안이 갑자기 흥분의 도가니탕이 된 이유를 들을 수 있었다.

아빠가 취업하기엔 사실 늦은 나이였는데, 짧은 기간 동안 열심히 준비해 원하던 직장에 합격했다고 했다. 덕분에 아빠의 새 직장 근처로 이사 갈 집도 구할 수 있게 됐다!

🐾 #놀고먹기만하는것도 #보통피곤한일이아니네
#운전할때 #옆에서자는게 #매너가아닌걸아는디... Zzzz

개푸치노와
개이크

오랫동안 살던 도시를 떠나 새로운 곳으로 이사를 가게 됐다. 이사 전날엔 유진이 이모가 날 데리고 인천에 왔다. 이모는 내가 집에 혼자 있는 게 걱정된다며 회사까지 조퇴했다. 역시 나의 넘버원 호구답다니까.

이모와 애견카페에 들렀다. 이모는 아이스 아메리카노를, 나는 개푸치노* 한 잔을 테이크아웃해서 공원으로 향했다. 공원에 도착해 한참 냄새를 맡고 놀다가 잠깐 벤치에 앉아 숨을 돌리면서 조심스레 물었다
"이모. 같이 잘 살다가 왜 갑자기 도망치듯 나가버렸냐."
"…밀란아. 도망칠 기회가 왔는데 너 같으면 계속 뒤치다꺼리하며 거기 살겠냐."
더 물어볼 것도 없이 절로 고개가 끄덕여지는 대답이었다. 사실 엄마에게서 도망친 이모는 요즘 연애 사업도 잘 되는지 얼굴도 좋아 보였다. 그래, 이제 이모도 이모 인생 살아야지…. 하지만 앞으로 함께 살 수 없다는 게 어쩐지 서글펐다.
이모와의 데이트는 언제나처럼 즐거웠다. 밤이 되자 곧 이모부가 될 이모의 남자친구가 나타나 아빠 엄마와의 새집으로 날 데려다줬다.

이모는 같이 안 사는 대신 엄마의 이상한 논리에 휘말려 매달 일정 금액을 내 양육비로 보내고 있다고 한다.

---

*개 전용 카푸치노. 이 외에도 개를 위한 쿠키, 아이스크림, 케이크 등 다양한 메뉴가 있다. 견주라면 혼자만 맛있는 거 먹지 말고 개에게도 먹여주자. 개에게도 미각이 있다.

🐾 #여기 #주문좀받아주세여 #개푸치노한잔이랑 #조각개이크주세여~

🐾 #야야됐어~ #애견까페까지왔는데 #내가사야지 #뭐먹을래? #먹고싶은거다골라

🐾 #동물이란건말여 #어떠한상황에서든 #다적응하게되어있어
#나는제때먹고놀다와서 #네발뻗고쉴공간만있음 #어디든상관없다 #이말이여

장소는 중요하지 않아…
누구와 함께 있느냐가 중요하지

이사 오면서 아빠 엄마는 내가 새집에 적응 못 할까 봐 걱정이 이만저만이 아니었다. 전에 살던 아파트는 내가 직접 리모델링해서 애정이 많이 가긴 했지만, 그 집이 아니면 안 되는 건 아니었다.

왜냐면 그 집은… 너무 추웠기 때문이다…. 내가 베란다 인테리어를 잘못하는 바람에…. 솔직히 거기서 겨울을 다시 안 보내게 되어 다행이다.

새 도시로 이사온 지 며칠이 지나 내가 잘 적응한 듯 보이자 아빠 엄마는 마음을 놓았다. 인간이든 개든 다 그때 상황에 맞춰 살도록 진화한 동물인 건 마찬가지다. 그깟 이사 좀 했다고 내가 적응 못 할 거라 걱정하는 건 또 뭐람.

엄마는 이 집에서는 절대 인테리어 활동을 하면 안 된다며, 함부로 인테리어를 했다간 돈 물어주고 나가야 한다고 애원 반 협박 반으로 신신당부를 했다.

"사람마다 취향이라는 게 있으니, 집주인이 내 해체주의 인테리어를 안 좋아한다면 여기선 참아주지, 뭐. 아쉽긴 하지만."

아빠는 이사 오자마자 내가 맘껏 뛰놀 수 있는 공원과 산책 코스를 찾아냈다. 나는 새집이 맘에 쏙 들었다.

사실 장소가 뭐가 중요한가? 돈이 중요… 아, 아니지, 같이 사는 사람이 중요하지!

🐾 #잠깐!! #문닫기전에 #내가마지막제안을하지
　#가구조립및설치 #그리고 #분리수거로 #박스찢기까지 #내가다해주겠네

🐾 #저놈새끼들 #내가 #직접설치해준다니까 #가둬놓고있네
　#저렇게하는게아니고 #물어뜯는건데 #답답허다 #진짜

이보게, 내가
이밀란 선생일세

이사 오면서 가구를 몇 개 바꿔야 했다. 아빠 엄마는 조금이라도 싸게 사겠다며, 직접 조립해야 하는 가구를 샀다. 그런데 가구를 처음 조립하나 보다. 아빠와 곧 이모부가 될 삼촌은 고군분투하며 이리저리 땀을 뻘뻘 흘렸다. 보다 못한 내가 나서서 조립할 나무판 하나를 잡고 뜯으려고 자세를 잡았다. 그리고 선심 쓰듯이 말했다.

"너희도 알다시피 내가 한때 인테리어 디자이너로 이름 좀 날렸잖니. 지금은 비록 은퇴를 했지만 우리집을 꾸미는 거니 도움을 좀 주도록 할까?"

그러자 엄마는 바로 "아닙니다, 선생님. 계속 은퇴해 계세요" 하며, 날 베란다로 내보냈다. 순식간에 밖으로 쫓겨나 황당한 가운데, 애들이 하는 꼬라지를 보는데… 아무리 봐도 조립법이 한참 잘못됐다. 저러다 가구 하나 버리겠다 싶어 명망 있는 디자이너로서의 자존심도 버리고 베란다 문을 두드리며 파격적인 제안을 했다.

"지금이라도 날 들여보내준다면 가구 조립 및 설치 그리고 분리수거로 박스 찢기까지 내가 다 해주겠네!!"

엄마는 사색이 되더니 생각만 해도 소름이 끼친다며, 그런 민폐를 끼칠 수 없으니 거기서 푹 쉬고 계시라고 했다.

그동안 자기들 벽지며 장판이며 내가 얼마나 많이 인테리어해줬는데, 받을 땐 좋다고 받더니 양심도 없는 것들….

쟤네 없을 때 새 가구 모서리라도 갉아서 리폼해놔야지.

#나는가끔셀카를찍는다
#쌩얼이어도 #굴욕없는 #내가 #너무조타☆

#네발로걷는단건좋은거야...
#뉴욕개럴드트리뷴 #된장개 #허세

나는 가끔
셀카를 찍는다

나이를 먹어갈수록 감성적으로 변해가고 이해심이 깊어지는 걸 느낀다. 그
걸 깨달은 건 얼마 전이었다.

나는 택배가 배달되면 폭탄이라도 들어 있을까 봐 애들이 보기 전에 상자
를 뜯어 내용물을 확인한다. 그리고 폭탄이 설치되지 않은 걸 확인하면 안
심하고 아빠 엄마에게 가져다준다. 그런데 얼마 전에는 반품할 상자를 왜
뜯었냐며 나한테 심하게 화를 냈다. 그럼 진작 말할 것이지, 내가 상자 뜯
는 게 한두 번도 아니고 말이다.

예전 같으면 나도 같이 화를 냈겠지만 지금은 '인간들 사는 게 팍팍하고 힘
드니 그러는구나' 하고, 애들 감정을 이해해준다. 그리고 화를 낸다고 나도
같이 화를 내면 똑같은 사람이, 아니 개가, 아니… 아무튼 똑같은 생물이 되
니, 그러고 싶지 않은 것도 있다. 쟤들 같은 인간이 되느니 계속 개로 사는
게 훨씬 좋다.

리트리버는 천사견이라는 인식답게, 이젠 진정한 천사로 거듭나고 있는 내
자신이 너무 기특했다. 그래서 이 순간을 기록하고자 자동 뽀샵 기능이 있
는 카메라 앱을 열어 사진 한 장과 글을 남겼다.

한층 성숙하고 완전해지고 있는 이 순간을 기억하자 ☆
언젠가 래브라도 리트리버를 제일 좋아한다는 뉴욕에서 또
한 번의 셀카를 찍길 바라며….

_뉴욕개럴드트리뷴

밀란이의
탈룰라 카레

여러분, 오늘은 카레를 만들어볼게요~

아무래도 오늘은 분위기가 영 아닌 거 같네요.
다음에 다시 만들어볼게요~

🐾 #카레때문인가눈앞이노래져

밀란이의
탈룰라 표정 관리

엄마 먼저 집에 들어와서 이 사태를 봤을 땐 파워당당이더니….

뒤따라 아빠가 들어오니까 세상 비굴한 표정으로 변명 시작.

🐾 #내가자고있는데태풍이불잖여...
#태세전환이빠른개스타그램

🐾 #아이고 #우리할무이 #개손녀온다고 #또 #한상차리셨구만
#준비하느라 #욕보셨소 #내가 #열그릇먹고갈게!

🍦 #밀란이오는지 #몰랐던 #식구들은 #밀란이보자마자 #식겁스타그램

어르신들 수줍음이
참 많으셔

추석이 됐다. 난 명절이 너무 좋다. 맛있는 음식을 한상 가득 차리기도 하고, 먼 친척까지 모두 엄마의 할머니 댁에 모이기 때문이다. 내가 좋아하는 게 사람과 음식과 외출인데, 그 세 가지가 한 번에 이뤄지는 날이니 안 좋아할 수가 없다.

엄마 쪽 친척들은 평생 개를 한 번도 안 키워본 사람이 수두룩하다. 그래서 처음 만났을 때 내가 먼저 살갑게 다가가자 다들 무서워하며 도망을 다녔다. 그럴수록 나는 이제 한 식구니 빨리 적응해야 한다며 적극적으로 들이댔다. 나의 행동에 쑥스러우셨는지 어르신 몇 분은 아예 방으로 대피하기도 했다.

오늘도 친척들 만날 생각에 설레는 마음으로 할머니 댁에 찾아갔는데, 이미 상다리가 휘어지도록 음식이 차려져 있었다. 어르신들께 인사고 나발이고 밥상에 달려들 뻔한 걸, 아빠가 아슬아슬하게 막았다. 그제야 정신이 들어 친척들을 보며 잘 지내셨냐고 엉덩이와 허리를 전부 이용해 힘차게 꼬리를 흔들며 인사드렸다. 친척들은 그걸 보고 또 혼비백산해서 도망을 가셨다. 하여간 참 수줍음도 많으시다니까~

어르신들은 복스럽게 음식 잘 먹는 걸 좋아하신다는데, 말해 뭐하나. 내가 제일 잘하는 게 음식 안 가리고 죄다 먹어치우는 거다.

나는 "할무니~ 음식 차리시느라 아주 욕보셨소. 내가 여기 있는 거 다 묵고 갈게요~" 하며 애교 있게 인사하고 밥을 먹으려 했다. 하지만 내가 그날 먹을 수 있던 건 맨날 먹는 사료뿐이었다. 친척 어르신들도 모두 개차별주의자였던 것이다….

즐거운
명절

이것들이 시간이 몇 시인데, 정신 못 차리고 늦장을 부리네.
늦게 가면 먼저 온 친척들이 갈비 다 먹는다고 매년 얘기했는데도 그래!!!

🐾 #갈비있대서아침도적게먹었는데스타그램

얘들 큰 개 처음 봤나 보다.

늬들 안내견이라고는 들어봤냐.
물론 내가 한다는 건 아냐.

🐾 #어르신들은날부담스러워하고 #애들은내가부담스럽네

🐾 #글쎄 #내가 #마지막으로 #봤을땐 #휴지가 #멀쩡했는데 #이게 #왜 #해체되어있고 #그를까...
#기억이잘안나네... #아마 #팀내에서 #분란이있었나벼 #그러니까 #해체됐지

생존형
기억상실증입니다

간만에 휴지로 창조경제 활동을 좀 했는데, 엄마보다 아빠가 먼저 이 모습을 보게 됐다. 아빠가 다가오는 순간, 동물적 감이 내게 속삭였다.

'아씨, 망했다….'

아빠는 말이 통하는 사람이 아니다. 창조경제고 자시고, 이게 사실 휴지 하나로 여러 개를 만드는 매직쇼라고 그럴싸한 핑계를 대도 아예 말귀를 알아듣지 못하는 꼰대다.

아빠가 목소리를 착 깔고 "이거 지금 뭐야"라고 묻자 나는 나도 모르게 "기억이 나지 않습니다…" 하고 대답해버렸다. 전에도 이런 비슷한 적이 있지 않았나? 그때도 끝까지 모른다고 대답한 덕에 그냥 넘어갔다.

사실, 그때나 지금이나 아빠가 추궁하면 머리가 새하얘져서 기억이 나질 않는다. 기억이 나서는 절대 안 된다. 필요에 의한 기억상실증은 살고자 하는 동물의 본능이다.

그런데 엄마가 그런 아빠 뒤에서 실실 웃으 속살거리는 게 아닌가? 휴지를 뜯는 게 경제 활동이라고 예전에 설명했는데도 변명은 못 해줄 망정 "아빠, 밀란이 혼내주세요~"라고 얄밉게 깐죽거렸다. 진짜 달려가서 나도 모르게 명치를 한 대 칠 뻔했다.

'휴, 아빠만 아니었음 뒷발 날라갔다…. 엄마는 오늘 운 좋은 줄 알아라….'

이번에도 끝까지 기억이 안 난다는 내 말에 다행히 아빠가 용서를 해줬다. 난 희번덕 눈을 뜨고 엄마를 노려보며 속삭였다.

"너 새로 산 화장품 조심해라…."

🐾 #나도곧다섯살인데 #적은나이가아니라 #눈치없는척 #사고치기도한계가있고 #고민이많다
#난왜사람말을 #알아듣게돼서 #하지말아야되는걸 #알게된걸까 #그냥계속 #개처럼굴걸...
#안돼라는말을모를때가행복했어스타그램

어쩐지
센치한 기분

어릴 땐 세상에 무서운 게 없었다. 다 내 뜻대로 할 수 있을 줄 알았고, 세상을 바꿀 수 있다는 자신감도 있었다. 그런데 나이를 먹으며 나도 무서운 게 생겼고, 워낙 머리가 좋다 보니 인간 말도 전부 알아듣게 됐다. 그리고 결정적으로 눈치가 너무 심하게 늘었다.

내가 무서워하는 건 아빠의 불호령 하나뿐이긴 하다. 사실 아빠가 나를 사랑하는 건 잘 안다. 어찌나 나밖에 모르고 예뻐하다 못해 귀찮게 하는지. 그래서 평소에는 아빠한테도 막 대하지만… 실수로라도 해서는 안 될 행동을 하면 아빠는 가차없이 무섭게 혼을 낸다.

가끔은 나 스스로에게 원망도 든다. 난 왜 이다지도 똑똑한 걸까! 아무것도 모를 때는 '몰랐다' 한마디로 모든 게 다 용서가 됐는데. 아, 물론 용서를 빌 만큼 내가 큰 잘못을 한 적은 없다. 궁금하니 뜯어본 거고, 체력이 넘치는데 안 놀아주니 혼자 예술 활동을 한 것뿐이다. 뭐, 가끔은 싫어할 거 뻔히 알면서 열받으라고 사고 친 적도 있긴 하니, 그런 부분은 할 말이 없긴 하다.

개도 이렇게 양가감정을 느낀다는 걸, 인간들은 알까? 입으로는 하고 싶은 대로 다 뜯으면서, 한편으로는 죄책감을 느낀다. 식구들이 집에 들어와 난리 난 집을 본 순간, 조금이라도 덜 혼나려고 귀를 뒤로 접고 항복의 배 까기를 하는 비굴한 내 모습…. 아무것도 몰랐던 어렸을 때는 아무 눈치 안 보고 떳떳했는데. 휴… 왜 난 "안 돼!"라는 말을 알아듣게 된 걸까…. 정말 아무것도 모를 때가 가장 행복했다.

🐾 #너거들 #연애때부터 #결혼까지 #내공이 #제일컸던거 #알고들있제?
　#앞으로 #둘이 #역할분배 #잘해서 #나를 #돌봐주면되거따

넘버 투
호구가 생겼다

나의 넘버 원 호구이자 베스트 프렌드 유진이 이모가 곧 결혼을 한단다. 나한테 그렇게 연애 상담을 하더니, 드디어 결실을 맺게 됐다. 이게 다 내 덕분이다.

이모부는 이모를 공략하려면 누구한테 제일 잘 보여야 하는지 잘 아는 현명한 사람이었다. 그게 누구냐고? 당연히 나지. 날 예뻐하고 잘 돌봐준 덕에 이모부는 결혼 허락을 쉽게 얻을 수 있었다. 내가 집안 어른들께 이모부 칭찬을 많이 했기 때문이다.

이모는 이모부와의 첫 데이트 때 날 데리고 나갔다. 이들의 첫 데이트 주제는, 다름 아닌 개 산책이었던 셈이다. 참 독특한 커플이다. 나도 중간에서 역할을 잘했다. 내가 일부러 지랄 맞게 굴어 혼을 쏙 빼놓은 덕에, 이모와 이모부는 첫 데이트의 어색함을 느낄 새도 없었다. 내가 있어준 덕에 자연스럽게 연애를 시작하게 된 셈이다.

좀 미안하지만 이모부는 내게 이모보다 더 만만하다. 내가 이것저것 어리광도 부리고 떼도 많이 쓰는데, 그걸 싫은 내색 없이 다 들어준다. 화도 한번 낸 적 없다.

끼리끼리 만난다고, 둘 다 어디 가서 지지 않을 성격들인데도 동물과 아이에게만큼은 약한 것이다. 이렇게 잘 어울리는 인간들이 부부가 된다니, 기쁜 일이 아닐 수 없다.

무엇보다 나의 호구가 한 명 더 생겨서 정말 행복하다.

🐾 #어 #이모 #난데 #잠깐할말이있어 #올때내간식이랑사료사와~ #치킨도사와~
#잠깐만 #(엄마 휴지도 떨어졌다고?) #이모그냥마트를사와~

개모녀 사기단

이모가 내 사료며 생활용품을 택배로 챙겨 보내고 있다. 필요한 게 생기면 내가 연락을 하기 때문이다. 엄마가 "밀란아, 사료가 떨어져가네? 이제 밀란이 굶어야겠다" 하면, 내가 깜짝 놀라 이모에게 SOS를 친다. "이모!! 나 사료 다 떨어져서 곧 굶어 죽을지도 모른대!" 그럼 사료가 배달된다. 또 엄마가 "하네스가 망가졌네? 이제 산책 못 나겠다…" 하면, 바로 카톡을 보낸다. "이모, 나 하네스가 없어서 밖에 못 나가고 평생 집 안에 갇혀 살다 운동 부족으로 죽게 생겼대!!" 그럼 하네스가 택배로 온다. 개 발바닥으로 자판을 어떻게 치냐고? 난 천재 개라 가능하다. 흠, 흠!

오늘은 이모가 이모부랑 놀러오기로 한 날이다. 마침 내 간식 바구니도 텅 비어 전화를 걸었다.
"이모, 나 밀란이. 올 때 간식 좀 사 와. 간식 바구니가 비어서 개인기 할 기운이 없어."
한참 통화하는데 갑자기 엄마가 옆에서 "치킨 먹고 싶다…" 하고 혼잣말 같지 않은 혼잣말을 한다. 그래서 내가 효심을 발휘해 부탁했다.
"이모, 올 때 치킨도 사 와."
그런데 엄마가 또 "휴지도 다 떨어졌네…" 하고 중얼거리는 거다. 이러다간 통화가 안 끝날 것 같아, "이모 그냥 마트를 사 와!! 빨리 와!!" 하고 끊었다.
이모와 이모부는 간식에 치킨에 온갖 생필품을 가득 들고 왔다. 이모부 얼굴이 질린 듯 좀 창백해 보이긴 했지만, 내가 개인기를 좀 보여주자 그새 다 까먹고 평소의 웃음을 되찾았다. 이모는 엄마와 나에게 환상의 팀이라며 팀 이름을 지어줬다. 개 자식 앞세워 동생 삥 뜯는 '개모녀 사기단'이라고 말이다.

🐾 #내가진짜 #큰건수하나 #물어왔거든?
#딱한번만더하고 #손떼자 #너는문만열어주면돼 #어려운건 #내가다해

큰 거 한탕만 더 하고
손 떼자

간식 바구니가 간만에 가득찼다. 지난번에 이모가 채워놓고 간 덕이다.

가득차 있으면 뭐하나. 내 것인데도 맘껏 꺼내 먹지 못하고 있다. 이모랑 살았으면 저 바구니 속 간식도 이틀이면 끝났을 텐데, 엄마는 찔끔찔끔 주니까 몇 주는 먹는다. 아빠도 간식을 잘 주는 편이었는데, 엄마가 그걸 보고 밀란이 살쪄서 관절에 무리 가면 어쩔 거냐고~ 소리를 고래고래 지르는 바람에, 엄마 눈치보느라 못 주고 있다.

아무리 엄마가 화를 내도 그렇지, 아빠는 명색이 이 집안의 가장이면서! 그럴 때 오히려 더 화를 내며 "지금 어디서 큰소리야?!" 하고 보란 듯이 내게 간식을 줘야 하는 거 아니냔 말이다. 그런데 바로 꼬리를 내려버리다니 실망이다. 싸움이란 게 본래 목소리 큰 사람이 이기는 건데, 싸움의 기술도 모르는 저 답답이 같으니….

눈앞에 간식이 잔뜩 있는데도 못 먹으니 더 먹고 싶어 못 참겠다. 이번엔 방법을 바꿔 아빠를 꼬셔보기로 했다.

"아빠, 진짜 마지막으로 크게 한탕만 하고 손 떼자. 아빠가 간식 바구니가 있는 곳 문만 열어줘. 그럼 내가 재빨리 들고 튈게. 그리고 잡히면 서로 모르는 척하자."

하지만 아빠는 백 퍼센트 걸리는 게임이라며, 자기는 뒷감당할 자신이 없다고 단칼에 거절했다. 평소엔 우유부단하면서 이렇게 쓸데없는 순간에만 단호하다.

에레이 계속 그렇게 잡혀 살아라, 이 못난아!! 퉤퉤!!

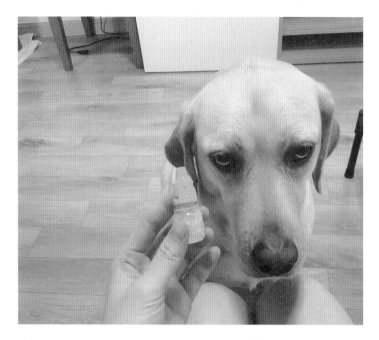

🐾 #내가중요한일아니면 #쓸데없이왔다갔다하게 #만들지말랬지...
#약뚜껑이 #안열리면 #약국을가야지 #왜나를찾는겨!!!!

🍦 #잠자는거깨워서 #미안한데 #너무당당한거아니니 #무슨개가 #이렇게 #자존감이높아

로또 맞게 해주려고
했더니만

…길바닥에 과자 부스러기가 떨어져 있었다. 그걸 정신없이 주워 먹으며 길을 따라가는데, 그 길 끝에 과자로 만든 집이 나타났다. 그것도 무려 삼층집이! 정원에는 수영장이 딸려 있었고, 그 너머에는 평생 뜯어도 다 못 뜯을 만큼의 휴지가 쌓여 있었다. 여기가 바로 지상낙원? 과자 집부터 뜯어 먹으려고 혓바닥을 날름 내미는 순간, 누군가의 신경질적인 목소리가 들려왔다. '이밀란!! 이밀란!! 빨리 이리와!! 얼른!!' 목소리가 점점 가까이서 들려오면서… 난 그렇게 잠에서 깨 현실로 돌아왔다.

누가 불렀나 했더니, 그럼 그렇지. 내 견생에 도움이 안 되는 엄마였다. 끝까지 꿨으면 로또번호라도 나왔을 법한 길몽이었는데! 잠에서 덜 깨 비몽사몽인 얼굴로 갔더니, 엄마가 작은 약병을 내밀면서 "이거 밀란이 너가 한 짓이지?" 하고 짜증을 내며 물었다.

다 알면서 왜 묻는지 모르겠다. 고작 내 송곳니보다 작은 약통 못 쓰게 된 걸로 단꿈을 깨우다니…. 표정 관리가 안 됐다.

"고작 이딴 사소한 일로 날 불렀냐…?"

엄마는 잠깐 움찔하더니 우물쭈물 대답했다.

"아니, 귀가 하도 아파서 처방받은 건데 네가 망가뜨려놨잖아…."

"엄마 니가 아픈 게 하루 이틀이냐? 자꾸 약에 의존하니 더 안 낫지! 어휴~ 옛날에는 산에서 약초 캐다가 치덕치덕 바르면 다 나았어. 병원 갈 시간 있음 나 데리고 공원 가서 풀 뜯어다가 발라!!"

화난 김에 의학 지식을 한껏 뽐내주고 약병을 빼앗아 얼른 도망쳤다. 다시 꿈꾸긴 글렀고, 에잇, 약통이나 마저 씹어야지.

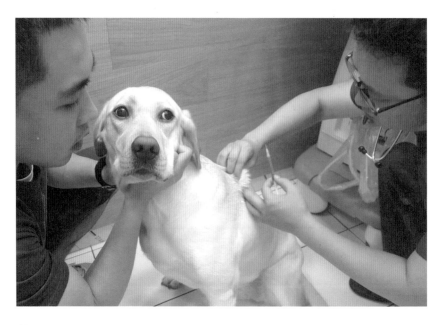

🐾 #선생님 #제가잘못한게있으면 #사과드리겠습니다 #손에든무기는 #일단내려놓고 #말로하시죠
#힝구

인간을 믿기엔
당한 게 너무 많아

오늘은 동물병원에 다녀왔다. 태어났을 때부터 다니던 곳이라 반가운 마음에 온 병원을 헤집고 다니며 오지랖을 떨어줬다. 그러다 원장 선생님이 보이기에 달려가 얼굴을 핥고 두 발을 들어 반갑다고 아는 척을 했다. 원장님은 어색하게 웃으며 "밀란이 이제 완전히 성견인데 조금도 얌전해지지 않았네" 하며 칭찬을 해줬다. 오랜만에 보는 사람이면 늘 내게 해주는 말로, "어쩜 넌 하나도 안 늙고 그대로니~"라는 의미다.

사실 내가 이 동물병원을 좋아하는 이유는 원장 선생님이 매달 맛있는 걸 줬기 때문이다. 소고기 맛이 나는 심장사상충 약이 바로 그것이다. 그래서 나는 이곳 동물병원을 심장사상충 맛집이라고 부르고 있다.

오늘도 고기 맛 약을 먹고 기생충 약까지 바른 뒤 집에 가려는데, 갑자기 아빠가 날 가로막고 의사 선생님이 내 등살을 잡더니 주사기를 척 꺼냈다. 나는 그대로 굳어 꼼짝도 할 수 없었다.

"선생님?? 오해가 있으시면 제가 다 설명하겠습니다!! 선생님, 잠시만요! 일단 등살 좀 놓고 말씀하시죠!"

손에 든 무기를 내려놓게 하기 위해 최대한 침착하게 달래봤지만 소용없었다. 주삿바늘이 내 등을 찌르고 들어왔다. 그리고 나는 그대로 정신을 잃을… 줄 알았지만 다행히 위험한 약은 아니었는지 아무 일도 일어나지 않았다. 알고 봤더니 예방접종 주사였다. 그러게 평소에 좀 잘했으면 내가 이렇게 겁먹을 이유도 없잖아!

많은 걸 바라진
않아유

저기유, 종신이 좀 드세유…?
텔레비전 보다가 갑자기 코를 코시던데, 저 아니었음 클날 뻔하셨슈.

🐾 #저도현기증나는데간식좀주세요스타그램

아이구∼∼∼ 아녀유, 아녀유.

보답은 무슨, 됐슈! 넣어두셔유∼

지는유, 욕심이 별로 없는 개여유. 이 세상 모든 음식이면 그걸로 충분혀유.

욕심 있는 개 같으며는 저세상 음식도 탐내유.

🐾 #소박한개스타그램

개퇴양난 (犬退兩難)
사고 치고 숨을 데가 없어 궁지에 빠짐.

개면초가 (犬面楚歌)
결국 적에게 잡혀 누구의 도움도 받을 수 없는
고립된 상태에 놓임.

개립무원 (犬立無援)

뒈지게 혼난 뒤 외로운 상태.

개갑이을 (犬甲移乙)

자기가 잘못해서 혼나놓고
노여움을 만만한 이모에게 가 화풀이함.

임전개퇴 (臨戰犬退)

강에 사는 송사리 새끼들과의 전투에 임하여
물러섬이 없음.

중과개적, 각자개생 (衆寡犬敵, 各自犬生)

적은 수로 많은 수의 송사리 새끼들을 감당하기 어려우므로
제각기 살길을 도모함.

개구무언 (犬口無言)
전투에서 물러섬이 없다고 해놓고 바로 도망가는 바람에
염치가 없어 입을 열어 변명할 수 없음.

잠룡개용 (潛龍犬用)
송사리 새끼들과의 다음 전투에서 패하지 않기 위해
단련하며 때를 기다림.

4

사랑둥이
개딸

🐾 #아까엄마한테 #만원받아서 #심부름하고 #남은돈 #주머니에 #넣는거 #내가다봤어 #임마

개리어우먼의
협상력

어릴 때는 배가 고파도 알아서 주겠거니 하고 기다렸다.

하지만 이젠 달라졌다. 밥시간이 되기 한 시간 전에 식구들을 찾아가 미리 알려준다. 재촉하다 보면 간혹 더 빨리 먹을 수도 있으니 최대한 일찍부터 찾아가 들들 볶으면 좋다. 간식도 마찬가지다. 요구할 개인기야 뻔하기 때문에, 간식을 손에 든 것만 봐도 이젠 그냥 5배속으로 혼자 척척 다 보여준 뒤 얼른 간식을 달라고 해 입에 넣어버린다.

서당개 삼 년이면 풍월을 읊는다는데, 인간과 동거한 지 오 년차인 나는 개리어우먼*이 다 됐다. 밥과 간식, 개인기 거래의 향방을 모두 꿰뚫고 있으니 말이다.

오늘은 아빠랑 산책을 나가는데, 엄마가 아빠에게 뭘 좀 사오라며 심부름을 시켰다. 그런데 아빠가 물건을 산 뒤 거스름돈을 받아 자기 주머니에 챙기는 게 아닌가? 그래 놓고 엄마한테는 시침 뚝 떼고 심부름한 물건만 넘겨줬다. 나는 슬그머니 아빠에게 가 물었다.

"아까 돈 챙긴 거 다 봤어. 생긴 거랑 다르게 응큼한 짓도 제법 할 줄 아네? 얼마 남았냐?"

아빠는 당황하며 무슨 소리냐고 했다. 나는 "비밀로 할 테니까 잔돈으로 핫바 하나만 좀 사 와" 하고, 엄마가 듣기 전에 얘기를 끝내버렸다. 엄마의 잔소리 폭격에 핫바 하나면 좀 싸다는 생각이 들긴 했지만, 삥땅 친 잔돈이라고 해봤자 얼마나 안 될 테니, 이쯤이면 괜찮은 협상 같아 더 욕심 안 부리기로 했다.

이젠 협상도 할 줄 알고 나 정말 사람 다 됐다~

---

* 전문적인 여성은 커리어우먼, 전문적인 개 여성은 개리어우먼이라고 한다.

🐾 #제쌩얼의 #비법이요? #일단다 #처먹고보는게 #저만의비법이죠
#뉴트로쥐나팁클린뭐밍클렌쥐 #뷰티꿀팁
#내면이아름다워야 #비로소 #외모도아름다워진다 #피부에양보하지말고 #위장에양보하세요

미모의 비법

난 어릴 때부터 화장품에 관심이 많았다. 어느 화장품 광고에서도 그러지 않았나.

"피부에 바르지 말고 위장에 양보하세요."

나는 그걸 보면서 광고 문구 한번 잘 만들었다고 생각했다. 자고로 외면보다는 내면이 더 중요한 것인데, 내면을 가꾸려면 화장품을 얼굴을 바를 것이 아니라 먹어야 하는 것이다. 특히 수분크림으로 위를 촉촉하게 만드는 게 중요하다. 그래서 나는 꾸준히 엄마 화장품을 먹었다.

엄마는 화장품을 제대로 쓸 줄 모르고 얼굴에만 양보하다보니 효과를 제대로 봤을 리 없다. 얼굴도 엉망, 속은 더 엉망이다. 아마 내가 어릴 때 나한테 개 피부병 옮았다고 했던 것도, 사실은 다 엄마가 화장품을 안 먹어서 생긴 일이 아닐까?

나는 반대로 많은 화장품을 먹고 수시로 테스트까지 한 덕분에 이토록 아름다운 외모와 그보다 더 아름다운 내면까지 갖게 됐다.

엄마가 요즘 대세 SNS라는 인스타그램 계정 하나를 내게 만들어줬다. 거기에 셀카 사진을 몇 번 올렸는데, 사람들이 내 아름다운 외모에 반해 극찬을 하며 '좋아요'를 누르거나 댓글을 남기기 시작했다. 난 그들 모두에게 나처럼 아름다워지라고 나의 내면과 외면 모두를 기꾼 미모의 비법을 알려줬다.

"제 미모의 비법이요? 일단 다 처먹고 보는 거죠. 먹고 아니다 싶으면 싸버리면 되니까요. 화장품은 특히 얼굴에 바르지 말고 먹어주세요.(찡긋)"

대가 없는 나의 꿀팁에 많은 여자들이 환호했고 구독자 또한 늘어나기 시작했다.

🐾#래브라도리트리버도 #털이참많이빠지는 #견종이에여
#저와같이살면 #식구들이전부 #리트리버가된답니다
#리트리버체험하시고 #싶으신분들 #제인스타에 #댓글남겨주세여 #털무료나눔해여~
#래브라도리트리버털 #윤기최상급 #고급진베이지컬러 #리트리버체험

개털
무료 나눔

아무래도 SNS에 중독될 것 같은 느낌이다. 내 인스타그램 관리를 엄마가 해주는데, 요즘 내가 시키는 대로 군말 없이 열심히 사진과 글을 올려주고 있다.

예전에는 엄마가 블로그를 했었는데, 워낙 게을러터져서 제법 인기를 얻고도 얼마 안 가 방치 상태가 됐다. 그런데 인스타그램은 사진 한 장만으로도 사람들 반응이 바로 오니까 재미를 느끼는 모양이다. 꾸준히 내 사진을 올렸더니 시작한 지 얼마 안 됐는데 벌써 구독자가 오천 명이 넘었다.

내 사진을 보는 사람이 오천 명이나 된다니… 아무래도 SNS를 하다 보면 보이는 모습을 좀 의식하게 되는 듯하다. 얼마 전에는 내 털이 윤기가 촬촬 흐른다며 칭찬을 하는 댓글이 있기에, 하루 동안 빠진 털을 모아서 자랑을 좀 했다. 그리고 털 무료 나눔을 하고 있으니 원하는 사람들은 댓글 남기라고 선심도 썼다.

그런데 평소 내 빛나는 털이 부럽다고, 샴푸 뭐 쓰냐, 사료 뭐 먹냐, 따로 관리하는 게 있냐, 그렇게 물어들 보더니… 털 무료 나눔은 부담스러운지 신청하는 사람이 아무도 없었다. 어차피 난 365일 매일 털 빠져서 줘도 상관없는데~

🐾 그럴때있잖아 #밥을먹어도배가고픈기분
#엄마내게말했잖아 #니가처먹은사료만 #1톤이다 #개딸~
#지금내게필요한건 #사료두봉지뿐 #간식두봉지뿐 #개껌두봉지뿐 #총여섯봉지뿐
#우원개의과식스타그램

그럴 때 있잖아
배가 고픈 기분

요즘 〈쇼미더머니〉 라는 방송을 즐겨본다. 래퍼 서바이벌 프로그램인데,
엄마가 좋아하는 바람에 나도 덩달아 보다가 빠져들었다.
그중에 파란색 비니를 쓰고 어두운 분위기로 랩을 하던 '우원재'라는 래퍼
가 특히 인상 깊었다. 하도 멋있어 나도 직접 가사를 쓰고 힙합을 해보기로
했다.

~ 자작 랩 풀버전 최초 공개 ~

그럴 때 있잖아 밥을 먹었는데 배가 고픈 기분
그런데 있잖아 밥을 먹긴 먹은 사실이 비극인거지 음
우리 엄마 말했잖아 니가 쳐먹은 사료만 1톤이다 개딸
ah 엄마 사료 한 그릇 더 주는 일은 일도 아닙니다
구태여 내가 더 먹고 싶은 음식을 설명하자면
간식 두 봉지와 개껌 두 봉지 정도로 설명해
이거 다 먹으면 분명 배부르댔어
근데 하나도 배가 안 불러

지금 내게 필요한 건 사료 두 봉지뿐
간식 두 봉지뿐 개껌 두 봉지뿐 총 여섯 봉지뿐

우원개의 과식스타그램 피스 peace

산책은
주체적으로

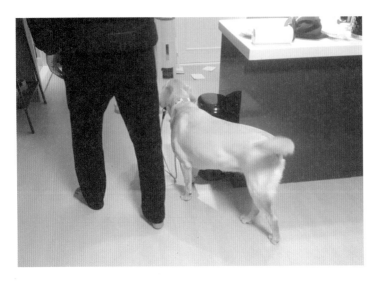

집에만 있기 답답해 마침 심부름 가는 아빠 옆에 붙어 자연스럽게 따라나 서요. 개의 외출에 목줄은 필수이기 때문에 제가 알아서 잘 챙겼답니다.

문이 열리자마자 튀어나와 아빠한테 명령해요.

"야, 나 운동해야 하니까 내 줄 좀 잡고 쫓아와!!"

주의사항도 잊지 않아요.

"나를 쫓아올 때 네가 유의해야 할 점은 하나다.
길은 내가 알고 있으니 토 달지 말고 내가 가자는 대로
잠자코 따라올 것."

그렇게 자기 하고 싶은 대로 산책을 원 없이 하고 들어오자마자 딴소리를 해요.

"어흐, 추워!! 이놈 시키들, 한파주의보가 내렸으면 진작 말을 해줄 것이지. 아무것도 모르고 나갔다가 얼어 죽을 뻔했네. 따끈하게 튀긴 치킨 한 마리 시켜!"

🐾 #밀란이 #tvN단독광고를찍다!!
#이씨(아빠성) #오씨(엄마성) #가족친척 #모두통틀어 #개인 #내가 #제일유명해졌다

래브라도 리트리버계의
슈퍼스타

갑자기 내 사진들이 돌풍을 일으키면서 인스타그램의 팔로어가 10만 명이 훌쩍 넘었다. 순식간에 일어난 일이라 와닿지도 않고 신기하기만 했는데, tvN에서 2018년 개띠 해를 맞이해 나를 모델로 신년 광고를 찍고 싶다며 연락이 왔다!! 연락을 받은 엄마는 아빠가 취직했을 때보다 더 크게 기뻐했다.

제안은 당연히 승낙이었다. 2018년 1월 1일에 첫 방송이 돼야 하기 때문에, 광고를 찍은 건 12월이었다. 아무래도 난 카메라 체질인 것 같다. 하나도 떨지 않은 건 물론이고, 태어나서 처음 해보는 러닝머신 달리기 같은 것도 거뜬히 해냈다. 혹시 몰라 개 훈련사 선생님도 촬영장에 와 있었는데, 날 보고 똑똑하고 집중력이 좋다며 칭찬해줬다.

게다가 촬영해주신 감독님도 날 엄청 예뻐해줬다. NG를 내도 잘한다, 괜찮다 해줘서 촬영 시간이 생각보다 길긴 했어도 편안했다.

12월 31일 11시 50분부터 날 아는 사람들 모두가 tvN을 틀어놓고 광고를 기다렸다. 그리고 해가 바뀌는 그 순간, 내가 찍은 광고가 정말 텔레비전에서 나오는 걸 볼 수 있었다. 세상에… 정말 특별하고 행복한 일이었다. 게다가 난 카메라발도 잘 받았다. 솔직히 실물보다 화면 속 내가 더 예뻤다.

내 견생이 이렇게 풀리다니, 믿기지 않는다.

🐾#내가무릎에 #안앉겠다했다고 #고새딴개앉혀놓은거야?
　#나보라고지금저러나본데 #환승이별이 #젤어이없는거알지
　#딴개안고있어도어차피쟤나한테돌아오게되어있어스타그램

제일 어이없는 게
환승이별인 거 알지

이모가 집들이를 한단다. 신혼집 첫 집들이다. 당연히 내가 빠질 수야 없지. 나는 이모의 집이 있는 인천까지 직접 행차해 음식 간을 봐주는 중요한 역할을 해주겠다고 했다.(그런데 정작 도와줄 사람이 많이 와 이번에도 인간 음식을 먹을 수 없었다…)

손님들은 다들 동물을 키워서 나의 개 언어를 잘 이해했다. 나 말고 다른 개 손님도 왔다. 우리 개들 사이에서 공주님이라고 부르는 도도한 말티즈 언니였다. 얼굴이 예뻐 얼짱 언니로도 통한다.

내가 오랜만에 보는 삼촌과 이모 들에게 정신이 팔려 아빠한테 아는 척을 못 해줬는데, 허 참 나… 아빠가 그새를 못 참고 얼짱 마티즈 언니를 자기 무릎 위에 앉혀놨다.

'하여튼 개나 사람이나 예쁘고 봐야 돼. 이런 몹쓸 외모지상주의 같으니라고. 아빠는 나밖에 모르는 걸 다 아는데, 혹시 질투해달라고 저러는 건가?'

사실 좀 어이가 없었다. 이별 중에도 가장 매너 없는 게 환승이별인데, 저럴 때 보면 연애 얼마 못 해보고 결혼한 연애고자 티가 난다. 물론 난 질투도 안 난다. 어차피 말티즈 언니는 너무 가볍기 때문에 아빠가 금방 존재감을 잊을 거다. 그리고 묵직한 맛이 있는 나를 곧 다시 찾겠지.

어이는 없지만 잘못했다고 빌면서 돌아오면 한 번은 봐줘야겠다. 이깟 일로 배신감을 느끼기에 난 너무 성숙한 개인걸~

🐾 #어머 #이오파 #완전 #내이상형이야 #오파여친있어? #털많은여잔어때?

🍦 #첨본사람에게 #침으로세수스타그램 ⌒

오빠
나 어때?

이모부 친구 중에 내 팬이 있는 모양이다. 이모네 집들이가 한창일 때 이모부의 친구가 내 소식을 듣고 날 보러 왔다.

내 인스타그램이 유명해지면서 지인의 지인들까지 연락이 와서 날 실물로 꼭 한 번 보고 싶다며 이렇게 찾아오기도 한다.

이모부의 친구인 이 오빠는 생긴 것도 제법 괜찮아서, 내가 보자마자 침을 흘리며 적극적으로 달려들었다.

나는 내숭을 제일 싫어하고 항상 그때의 내 감정에 솔직하다. 그래서 오빠가 자리에 앉기 무섭게 내가 제일 자신 있어 하는 얼굴을 들이대며 "어머, 오빠, 잘생겼다. 여친 있어? 털 많은 여자 어때?" 하며 호감을 숨기지 않고 오빠 얼굴을 침 범벅이 되도록 핥아줬다.

이 오빠도 어디서 래브라도 리트리버는 성격이 다 얌전하다는, 말도 안 되는 루머를 접하고 왔던 모양인지 나의 발랄함과 파워풀함에 몹시 당황했다.

내가 끊임없이 껄떡대며 온몸을 침으로 도배해줘서 그런가, 잘생긴 오빠는 결국 오래 버티지 못하고 돌아가버렸다. 아무래도 청순하고 얌전한 여자를 좋아하나 보다. 쳇.

이번 대시는 비록 실패했지만, 난 금사빠*니까 상관없긴 하다.

---

* 설마 금사빠가 무슨 줄임말인지 모르는 사람은 없겠지만, 혹시나 해서 남겨둔다. '금방 사랑에 빠진다'는 뜻이다.

🐾 #저기 #질문있습니다 #산책이곤란하다고 #들었는데 #그대신 #집에서뛰어도됩니까?
#서로에게 #미루지말고 #대답해주십시오

🍦 #대답하기곤란한날카로운질문스타그램

정중한
시선강탈

예전에는 아빠 엄마가 있든 없든 내가 하고 싶은 걸 마음껏 했다. 그러나 한껏 성숙해진 요즘의 나는 배려심이 차고 넘쳐서 누구 한 명이라도 집에 있으면 물건을 박살내지 않는다. 충동을 못 이길 때도 있긴 한데, 그럴 때 제지를 당하면 바로 행동을 그만둔다. 그런데 얘들이 나의 배려를 내가 얌전해진 걸로 왜곡해 받아들이더니, 이젠 운동을 시켜주지 않아도 된다고 착각하기 시작했다. 말도 안 되는 핑계로 가끔 산책을 빼먹는데, 최근 핑계로는 이런 게 있다.

"밀란아, 한파가 심한 데다 눈까지 많이 내려서 길가에 염화칼슘이 뿌려져 있거든? 그런데 돌아다니다 네 발바닥 패드가 다 벗겨지면 어떡해. 오늘은 산책 못 가겠다."

그럼 한창 내 체력이 주체가 안 돼 하루에도 몇 번씩 운동을 하던 시절에는 어떻게 나간 거지? 폭염주의보가 내리든 한파에 폭설이 내리든 꼬박꼬박 산책했잖아. 왜 그때는 되고 지금은 안 되는 걸까? 아무리 생각해도 얘들 기강이 해이해져서 그러는 거라고밖에는 생각이 안 들었다. 그래도 혹시나 아닐 수도 있으니 물어보기로 했다.

아빠 엄마가 텔레비전을 보며 시시덕거리고 있기에, 화면을 가로막고 정중하게 손을 들어 질문이 있다는 의사를 밝힌 뒤 물었다.

"한파주의보가 내려서 산책을 못 나간다고 했는데, 그럼 내가 집에서 뛰어도 된다는 말씀이십니까?"

질문을 가장한 협박이었다. 아무리 멍청해도 나랑 같이 산 짬밥이 몇 년인데 이 정도는 알아듣겠지. 하여튼 내가 요즘 너무 풀어줬다니까.

이것이
진정한 효도다

엄마는 쌩얼이 제일 예뻐 ^^

그리고 호박에 줄 긋는다고 수박 되는 거 아니더라.

엄마 얼굴에 파운데이션 낭비하는 게 아까워서 내가 작품 활동 좀 했어.

주제도 모르고 자꾸 안 어울리는 색을 입술에 바르기에
내가 처리해버렸다. 앞으론 그냥 침 발라!

요즘 수분이 부족해서 엄마 수분크림 좀 먹었어.
내가 다 먹어서 안 남았으니까, 얼굴 당기면 세수나 한 번 하고 오든가.

악!! 마이 아이즈!!! 엄마 쌩얼 정면으로 봤어!!!
얼굴에 뭐라도 처발라!! 구두약이라도 처발라!!
없으면 파스라도 처발라!!!!

🐾 #엄마돈좀있어? #옆테이블에서 #음료마시는데 #혓바닥좀내밀었더니 #너네엄마한테사달라고하래

🐾 #아 #진작엄마한테사달라그럴걸 #괜히딴개마시는거 #찝적대다가 #망신만당했네

개인기가
안 통하는 사람도 있네;;

아빠 엄마랑 애견카페에 놀러왔다. 이곳에서는 개 친구를 다양하게 만날 수 있다. 친구 진돗개 하나는 여기서 남자 친구를 만나 200일째 사귀고 있다고 한다. 나는 독신주의자라 가벼운 만남은 좋아도, 진지한 만남을 갖는 건 부담스럽다. 그래서 나에게 관심을 보이는 개가 있으면 잠깐 놀아주다가 연락처는 안 남긴 채 집으로 돌아가곤 한다.

오늘도 개들이 뜨거운 눈빛을 보내며 다가왔다. 사실 난 개보다는 인간이 더 좋은데. 누구한테 예뻐해달라고 해볼까~ 하며 테이블마다 돌아다니며 간을 봤다. 그러다 소형견 하나가 신 메뉴 수박주스를 마시고 있는 걸 발견했다. 바로 달려가 나도 한입만 달라고 아무한테나 보여주는 개인기를 열심히 했다. 그런데 이럴 수가. 소형견에게 수박주스를 먹이던 주인이 나를 보고는 곤란한 듯한 표정을 짓는 게 아닌가. 우리집에서 개인기 5종 세트면 최소 간식 하나는 나오는데. 그때 소형견이 얄밉게 주스를 쪽 빨더니 "이 거지야, 남의 것 탐내지 말고 너네 엄마한테 가서 사달라 그래!" 하며 날 타박했다.

"아, 어이없네~ 누군 엄마 없는 줄 아나. 내 개인기 다 봐놓고 누가 누구더러 거지래. 돈 없으면 개인기 하기 전에 말해야 할 거 아냐~"

치사하고 더러워서 바로 엄마에게 달려갔다.

"엄마! 내가 서기서 수박주스 한입만 달라고 했더니, 나 보고 거지냐고 하는 거 있지? 참 나~ 그런데 사이즈로 한 잔만 주문해줘!"

엄마는 그렇게 왜 남의 음료에 혓바닥을 대냐고 한소리 하더니 수박 주스를 주문해줬다. 개들이 부럽다는 듯이 날 쳐다보는데 역시 아빠 엄마의 울타리가 있다는 게 좋긴 좋구나 새삼 느꼈다.

#부끄럽지만 #제가 #제일 #자신있는 #부위는 #가슴이에요
#저는 #사랑둥이라 #가슴의털도 #하트모양으로 #나거든여

🍦 #리슨투마이힐트스타그램

가슴 크기가
체력을 결정한다

인간들이 내 매력 포인트로 유독 큰 눈과 진한 아이라인, 풍부한 표정을 많이들 꼽지만 사실 내가 제일 자신 있는 부위는 가슴이다. 우리집 여자들 모두에겐 없는 가슴이 유일하게 나에게만 있기 때문이다. 그것도 아주 큰 사이즈로. 게다가 하트 모양으로 털까지 났다. 내가 엄청난 사랑둥이라 이런 표식이 생긴 거라고 엄마가 그랬다.

그동안 체력이 좋다고 소문난 개들과의 체력 경쟁에서도 밀려본 적이 없는데, 전에도 한 번 말했지만 그 비밀은 바로 '유독 큰 가슴'이다. 개는 가슴통이 클수록 체력이 좋고 힘도 세다. 끝이 보이지 않는 내 체력의 원천이 가슴통이라는 걸 안 뒤, 엄마는 애초부터 날 지치게 하는 건 불가능했는데 그동안 허튼 짓을 많이 했다며 푸념했다.
아니, 그게 왜 허튼 짓이야. 내가 웬만해선 지칠 수 없는 체력을 타고 났다는 건 웬만해선 얌전해지지 않는다는 소리나 마찬가지인데, 더 열심히 운동시켜줄 생각을 해야지! 그리고 어쩐지 엄마 체력이 유독 약한데, 그것도 다 이유가 있었다. 가슴이 없어서 그랬네, 그랬어.

유독 큰 가슴통을 갖고 태어나 체력이 좋은 나와 유독 가슴이 없게 태어나 체력이 안 좋은 엄마…. 서로에게 누가 더 불행인 지 알 수는 없지만, 뭐든 없는 것보다는 있는 게 좋으니까, 있는 내가 더 엄마를 이해해주고 보듬어줘야겠다. 나 같은 효심 깊은 개 자식이 어디 있나. 나와보라 그래~

🐾 #내맘대로 #인테리어 #못해서 #아쉽지만
　#이래뵈도 #본가도있고 #세컨드하우스있는개여

마이
세컨드 하우스

주말이면 세컨드 하우스에 놀러 간다. 유진이 이모네 집 말이다. 신혼집이라고 신경써서 꾸며놓긴 했지만, 너무 모던한 게 내 스타일은 아니다. 나는 주로 해체주의를 추구하는 쪽이라.

명색이 나의 호구이자 베스트 프렌드의 집인데, 내 족적 정도는 남겨야 하지 않나 싶어, 방문하자마자 새 장판에 발톱을 꽉 찍어 남겨줬다. 이모는 웬만해선 나한테 욕은 잘 안 하는데 내 족적을 본 순간 굉장히 오랜만에 찰진 욕을 했다. 어찌나 맛깔나게 하던지, 욕먹으면서도 맛있단 생각이 들 정도였다.

신혼집에는 내가 오늘부터 당장 살아도 될 만큼 모든 용품이 빠짐없이 갖춰져 있었다. 엄마가 살림살이 갖추는 걸 도와주면서 개 용품도 전부 사놓고 왔다고 한다. 처음에 이질감을 못 느끼던 이모는 한참 나중에야 불현듯 '근데 왜 집에 배변판이 설치되어 있지…?' 하고 이상하게 생각했다고 한다. 새 그릇 사이에 개 밥그릇이 섞여 있었지만, 그것도 너무 자연스러워 한동안 알아차리지 못했다고 한다. 그걸 이제 알다니, 역시 나의 호구답다.

내가 세컨드 하우스에 놀러 가면 이모랑 이모부는 나와 주말을 보내느라 쉬기는커녕 더 활동적으로 보낸다. 항구도시인 인천에 살다보니 같이 바다도 보고 공원에서도 뛰놀기도 한다. 식구가 이모부 한 명 더 늘었을 뿐이지만, 노는 게 훨씬 더 다양해지고 재미있어졌다. 이모랑 같이 못살아서 은근 섭섭했는데, 오히려 더 좋잖아?

🐾 #야 #사진백장찍어봐 #여기조명좋아서 #사진빨장난아니게나온다

🐾 #바다수심도싶고 #안개도심해서 #오늘오리배는못타겠네
#여기까지와서 #그냥가기아쉬운데 #자판기라면이나 #먹고가자

🍦 #원래부터목적은 #자판기라면스타그램

🐾 #얘들아 #언니 #좀만더자고 #일어나서 #놀아줄게
#언니 #일어나면 #누구먼저 #뜯길지 #정하고있어

🍦 #근데얘는왜 #실눈을뜨고잘까

개가 잘 때는 건드는 거
아니라고 못 배웠니

아빠 엄마의 친한 형님 부부가 강원도에 살고 있다고 해서 이모, 이모부랑 다 같이 놀러왔다. 사람 없는 넓은 들판에 날 풀어놓고 자유롭게 해주고 싶었단다.

엄마의 소원은 마당이 넓은 집에 사는 건데, 그것도 오로지 나만을 위한 이유다. 수영장을 파고 운동장도 만들어 하루종일 뛰놀게 해주고 싶다고 한다. 하지만 내가 점점 나이를 먹어가고, 엄마의 꿈이 실현되기엔 너무 먼 얘기 같아 애가 탄다고 했다. 그때 나는 의젓하게 대답해줬다.

"난 우리 사는 아파트도 좋고, 지금 생활에 만족해. 괜찮아, 엄마."

그런데 정작 강원도에 도착하니 왜 우리 아빠 엄마는 능력이 없을까, 쓸데없이 가게를 하다 망해서 이런 큰 마당 있는 집을 못 사는 걸까, 슬그머니 원망이 들었다.

이렇게 놀거리가 끝없는 곳은 처음이다. 형님 부부는 보더콜리 동생을 키우고 있었는데, 그 녀석이 하도 부러워 하마터면 개 한 마리 더 입양할 생각 없냐고 물어볼 뻔했다.

드넓게 펼쳐진 마당은 물론 뒷산까지도 다 형님 땅이었다. 난 보더콜리 동생과 이곳저곳을 자유롭게 누볐다. 쉬지 않고 하루 꼬박 정신없이 놀았더니 오랜만에 숙면도 취할 수 있었다. 인형 동생들이 더 놀자고 조르는데도 눈꺼풀이 떠지지 않아 나답지 않게 노는 걸 미루기까지 했다. 그렇구나. 내가 놀 만큼 실컷 놀고 푹 자려면, 커다란 산 하나만 한 공간이 필요했던 거구나.

엄마의 마당 있는 집 소원이 꼭 이뤄지길 오늘부터 나도 같이 빈다.

🐾 #야나한살때 #기억나냐 #그때내가 #베란다중문 #실리콘다뜯어가지고
#겨울내내 #바람다새서 #집에서패딩입고다녔잖아
#아~ #추억돋는다 #그땐니가 #나한테소리도많이질렀는뎀 #너도성격많이좋아졌당

🍦 #밖보다더추운집스타그램 #렛잇고아파트

그때
기억나냐

엄마가 분리불안이 생겼다! 나 때문에 못살겠다고 할 땐 언제고. 이젠 나 없이 못 산다며 구질구질하게 군다. 옛날엔 엄마가 나와 단둘이 있기를 어색해했다. 툭하면 아빠나 이모에게 내 양육을 미뤘고, 둘만 시간을 보낸 적도 거의 없었다. 그런데 지금은 아주 찰떡같이 붙어만 있으니, 아주 징그러워 죽겠다. 그때를 떠올리니 참 인간이 이렇게도 변하나 싶어 웃음이 나온다.

엄마는 내 옆에 앉아 있다 내가 헥헥거리며 웃는 걸 보고는 "우리 밀란이, 혼자 무슨 생각을 그렇게 재미있게 해?" 하고 물었다.

"엄마야, 나 한 살 때 기억나냐. 새로 산 화장품 테스트 해본다고 다 뜯어 먹는 바람에 너 울고불고 난리도 아니었잖아."

엄마는 내 말을 듣고 피식 웃었다.

"맞아, 기억나. 그때 너 진짜 재수없었어."

그 말을 들으니 기분이 좀 그랬다. 자기도 내 말 하나도 못 알아듣고, 한참 개춘기 시절에 날 얼마나 힘들게 했는데.

"그것도 기억나지? 내가 인테리어 새로 해줬더니 네가 맘에 안 든다고 날 뛰었잖아. 툭하면 소리 질러서 진짜 미친 거 같았는데ㅎㅎ 그때 생각하면 너도 성격 많이 좋아졌다~"

엄마가 훨씬 재수없었다는 걸 은근히 알려주자, 엄마는 "과거는 다 잊자" 하곤 대화를 거부했다. 하지만 말만 서로 하지 않을 뿐, 손은 여전히 내 머리를 쓰다듬고 있었다.

아, 그때는 하루하루가 전쟁 같아서 이런 평화가 올 줄 몰랐다. 지나고 나니 그 전쟁 같던 시간도 가끔 그립네~

🐾 #낯간지러워서 #민망한말은 #잘안하는데 #딱한번만 #해줄텡게 #잘들어
#내가이렇게이쁘게자란건 #다너희들의사랑덕분이여
#어허 #으쓱거리지마라 #원래타고난미모도 #무시는못하니께

우리 함께
매일 영원히

밖에 나가면 날 알아봐주시는 분들이 생겼다. 얼마 전에 큰 쇼핑몰에 놀러 갔을 때는 밀란이 아니냐며 지나가는 곳마다 인간들이 아는 척을 해줘서 정말 신기했다. 심지어 집 근처로 가볍게 산책만 나가도 알아보는 분들이 있다. 훗, 이 놈의 인기란….

그런데 웃기게도, 인간들이 관심이 있는 건 나인데 엄마 혼자 의식해서 "오늘 하필 쌩얼인데 뭐라도 바를걸. 옷도 거지같이 입고 나왔는데 큰일이네…" 이런다. 누가 보면 엄마 알아보는 줄 알겠다. 엄마 혼자 다닐 땐 알아보는 인간도 없건만, 자의식 과잉이 너무 심해서 안타깝다.

tvN 광고 촬영 이후에도 여러 매체에서 날 소개해줘서 전국에 얼굴을 날리고, 강형욱 개통령님을 만나 함께 밥을 먹는 분에 넘치는 영광도 누렸다. 그리고 지금은 이렇게 나의 자서전을 쓰고 있다. 내가 직접 쓴 나의 일대기가 책으로 나온다니, 이 정도 견생이면 나도 후회 없이 살아왔다 할 수 있지 않을까, 하….

아, 죽을병에 걸리거나 한 건 아니니 걱정하지 않아도 된다. 잠깐 센치해졌을 뿐.

자서전을 쓰면서 식구들을 많이 한심하게 표현하고 별로 안 좋아하는 척 했지만. 사실 나에게 가장 특별한 건 바로 우리 식구다. 그리고 나도 이들에게 가장 특별한 존재라는 걸 알고 있다.

서로 오해도 하고 미워한 적도 있지만 그래도 우린 평생 함께할, 세상에서 가장 사랑하는 사이다.
그리고 나 아니면 누가 이 모자란 오합지졸을 거둬주겠나. 기왕 이렇게 된 거 끝까지 끌어안고 살아야지.

인간에 비하면 그리 길지 않은 견생이지만, 죽는 날까지 이렇게 함께 웃고 울고 싸우고 화해하고 사랑하면서 보낼 거다.

내가 태어나자마자 알아보고 데려와줘서 많이 고마워.
사랑해.

지은이 오혜진

초등학교 때 글짓기 대회에서 수상 경력 다수, 특기는 친동생 대신 책 읽고 독후감 숙제 해주기. 조앤 K. 롤링 같은 판타지소설 작가가 되는 게 꿈이었다. 그래서 출판사로부터 처음 출판 제의를 받았을 때를 인생에서 가장 기쁜 날로 기억한다. 결국 판타지 소설이 아닌 '개드립 에세이'를 집필하게 됐지만… 첫술에 배부를 수 없다는 생각으로 『해리포터』급의 작품을 쓰겠다는 꿈을 여전히 꾸며, 하루하루 밀란이와 전쟁 같지만 사랑스러운 일상을 보내는 중이다. 인스타그램 @elly_elin

KI신서 7921

밀란이랑 오늘도 걱정말개

1판 1쇄 발행 2018년 12월 17일 | **1판 2쇄 발행** 2018년 12월 27일

지은이 오혜진
펴낸이 김영곤 박선영 **펴낸곳** (주)북이십일 21세기북스

콘텐츠개발1팀장 이남경 **책임편집** 김선영
마케팅 본부장 이은정
마케팅1팀 최성환 나은경 박화인 **마케팅2팀** 배상현 신혜진 김윤희
마케팅3팀 한충희 김수현 최명열 **마케팅4팀** 왕인정 여새하 정유진
제작팀 이영민 **홍보팀장** 이혜연
디자인 Studio Marzan 김성미

출판등록 2000년 5월 6일 제406-2003-061호
주소 (우 10881) 경기도 파주시 회동길 201(문발동)
대표전화 031-955-2100 **팩스** 031-955-2151 **이메일** book21@book21.co.kr

(주)북이십일 경계를 허무는 콘텐츠 리더

21세기북스 채널에서 도서 정보와 다양한 영상자료, 이벤트를 만나세요!
페이스북 facebook.com/21cbooks **블로그** b.book21.com
인스타그램 instagram.com/book_twentyone **홈페이지** www.book21.com

서울대 가지 않아도 들을 수 있는 명강의! <서가명강>
네이버 오디오클립, 팟빵, 팟캐스트에서 '서가명강'을 검색해보세요!